夢的隕落

潘壘 著

總序

無擾為靜，單純最美

宋政坤

記得三十年前大二那年暑假，我一個人待在陽明山，窩在學校附近的宿舍裡——避暑、看書、打球，日子過得好不愜意。那時候我瘋狂的迷上讀小說，其中最喜歡且印象最深刻的就是潘壘寫的《魔鬼樹——孽子三部曲》、《靜靜的紅河》（以上皆聯經出版）。那年暑假我糾結在潘壘筆下小說人物的內心世界裡，山與海彷彿都充滿著熱與火，劇情結構好像電影，有鏡頭、有風景，愛恨糾纏，直叫人熱血澎湃。那是我年輕時代裡最美好的一個暑假，此後就再也沒有過。總覺得那年暑假帶走我少年時最後一個夏季！那段山上讀書無憂無慮的日子，在我記憶裡總是如此深刻。

之後幾年，我一直很納悶，像潘壘這樣一位優秀的小說家，怎麼會突然就銷聲匿跡似的，再也不見蹤影？難道他已經江郎才盡？或者他早已「棄文從影」？又或者是重返故鄉，至此消逝於天涯？我抱持這樣的疑惑，直到真正遇見他本人。

那是十年前（二〇〇四年）某天下午，《野風雜誌》創辦人師範先生，很意外地帶著一位看起來精神矍鑠的長輩造訪秀威公司。當他們突然出現在辦公室時，我一時還真有點手無足措，當時我正和幾位同仁開會，小小的辦公室擠不下更多的人，開會的同仁們見狀一哄而散。我一得知坐在師範身旁的就是作家潘壘時，當下真是驚訝到說不出話來，不是矯情，真正是恍然如夢。因為有太多年了，我幾乎再也沒有聽過潘壘的消息；就像已經有太多年了，我幾乎忘掉那一個青春的盛夏！

我們好像連客套的問候都還沒開始，潘壘先生就急著問我是否有可能重新出版他的作品，而且如果能夠的話，他想出版一整套完整的作品全集。我當時才確認，潘壘八〇年代以後再也沒有新作問世。他突然丟出這個難題，我一時竟答不出話來，想到這套作品至少有上百萬字，全部需要重新打字、編校、排版、設計，這無疑將會是一筆龐大的支出，以當時公司草創初期的困窘，我實在沒有太多勇氣敢答應。對於這麼一位曾經在我年輕時十分推崇而著迷的作家，竟是在這樣一個場合下碰面，我實在感到十分難堪。在無力承諾完成託付的當下，我偷偷地瞥他一眼，見他流露出一抹失落的眼神，老實說，我心情非常難過，甚至於有一種羞愧的感覺。這件事、這種遺憾，我很少跟別人說，卻始終一直放在心上，直到去年。

去年，在一次很偶然的機會裡，我得知國家電影資料館即將出版《不枉此生——潘壘回憶錄》（左桂芳編著），秀威公司很榮幸能夠從中協助，在過程中我告訴編輯，希望能夠主動告知潘壘先生，秀威願意替他完成當年未竟的夢想，這次一定會克服困難，不計代價，全力完成《潘壘全集》的重新出版。對我來說，多年的遺憾終能放下，心中真有一股說不出來的喜悅。作為一個曾經熱愛文藝的青年，已屆中年後卻仍有機會為自己敬愛的作家做一些事，這真是一種榮耀，我衷心感謝這樣的機會，這就像是年輕時聽過的優美歌曲，讓它重新有機會在另一個年輕的山谷中幽幽響起，那不正是我們對這個世界的傳承與愛嗎？

最後，我要感謝《潘壘全集》的催生者師範先生，感謝他不斷給予我這後生晚輩的鼓勵與提攜；同時也要感謝《文訊雜誌》社長封德屏女士，感謝她為我們這個時代的文學記憶保存許多珍貴的資料；當然，本全集的執行編輯林泰宏先生，在潘壘生活的安養院裡花了許多時間跟他老人家面對面訪談，多次往返奔波，詳細紀錄溝通，在此一併致謝。

無擾為靜，單純最美。當繁華落盡，我們要珍惜那個沒有虛華、沒有吹捧，最純粹也最靜美的心靈角落。當潘壘的生命來到一個不再被庸俗干擾的安靜之境，當他的作品只緩緩沉澱在讀者單純閱讀的喜悅中，我想，一個不會被忘記的靈魂，無論他的身分是「作家」，或是「導演」，都將永遠活在人們的心中。

謹以此再次向潘壘先生致敬！

二〇一四年八月一日

目次

一

又是春天了。

在香港，春天給我的感覺是很微弱的。這也許是由於這十多年苦難的生活，逐漸增長的年歲，使我對人生變得冷漠的緣故；可是，當我想起了瑪愛耶，我才醒悟，這一段冗長而悲慘的地獄生涯，反而使我對她的愛更執著。年歲的增長，竟將我的熱情和戀慕，濾得像深谷的清流一樣，澄淨而甘淳。

但，春天，我的春天永遠是感傷的，因為我離開瑪愛耶的時候，正是多愁的早春。

計算起來，已經整整十五個年頭了，而我從未忘記過她。時間，加濃了我對她的思念，使我的記憶愈加清晰——她那嬌小的、顯得略微有點瘦弱的身體，一身緬甸少女素靜的裝束，頭頂的小髮髻，迷惘而含愁的眼睛，那令我心碎的微笑；我只要閉起眼睛，幾乎還能異常清晰地看見，那飄在小小的耳朵後面的短髮，以及嘴角因微笑而顯露出的細細的皺紋……。

我時常這樣想：假如那天晚上她並沒有隨著村人來參加我們的晚會，或者她並沒有獨自到我的帳篷裡來，而且，如果那天晚上我並沒有喝酒的話，那麼，我可能是恨她的。雖然我知道那種恨是出於強烈的愛，但，至少這個悲劇便不會發生了。

這就是命運！它往往是令人啼笑皆非的。它使我在一種迷亂的激情中得到了瑪愛耶，但隨即又迫使我們離開，永遠失去了她。

其實，假如我能像其他的人一樣，把初戀視為生命的點綴的話，那麼一切都改變了！可是我不能，分離之後，我愈來愈感覺到我是多麼需要她，即使是十五年後的今天，我這種慾望仍然是那麼強烈；為了要再見到她，我忍受著飢餓和恥辱，掙扎著活下去！

每當我因現實的挫折而感到絕望的時候，我似乎便可以聽到她的聲音——發自一個遙遠的地方而非常清晰的聲音：

「你不會再回來了！你不會再回來了！」

那天晚上，當劉錚他們從營地趕到村子裡來，告訴我部隊在明天清晨出發的消息之後，我便問過自己：我還會回來嗎？

說實話，當時我有點惘然。在戰爭期間，要一個間接負有作戰任務的士兵——一個才滿二十歲的大孩子去回答這一個問題，毋寧是一件愚蠢的事情。

我記得，當時瑪愛耶從屋子裡走出來，疑惑不安地望著劉錚。於是，我低聲對劉錚說：

「你先回去吧，我馬上就來！」

劉錚走了之後，瑪愛耶突然驚惶地捉往我的手，我感覺到她的手冰冷。

「是什麼事？」她低促地用緬甸話問我。當她快樂或者是生氣的時候，不管我聽不聽得懂，她總是和我說緬甸話的。

我能告訴什麼呢？我只默默地凝望著她。屋子裡的燈光，從後面落在她的身上——一個夢樣的輪廓。半晌，她嘶啞地問：「你們要走了？」那聲音好像並不是由她發出的，有點顫抖。

為了避開她的眼睛，我緊緊地抱著她。「瑪愛耶！」我深情地喊著她的名字：「瑪愛耶！」

她開始痛心地哭泣起來了。她的哭聲使我感到紛亂，於是，我努力找些我能說而她易於了解的字句勸慰道：

「瑪愛耶！你聽我說，現在是打仗，我是兵，這是沒有辦法的！」我捧起她的臉，繼續說：「等到把日本人打走了，我會回來的！」

她淒苦無助地搖著頭。「你不會再回來了！」她重複地唸著：「你不會再回來了！」

「妳為什麼不相信我呢？」我搖撼著她說。

「我相信！我相信！」她含糊地喊道：「可是，什麼時候你才能夠回來呢？什麼時候呢？」

什麼時候？我不知道！但是我絕對不會想到，這次分別竟然使我無法再回到她的身邊去。

後來，中印公路終於打通了，中國駐印軍隨即回國援救國內的危局，而戰爭就在那年的秋天結束了。那個時候，我們的部隊駐屯在廣州，當時我們的那份狂喜和激動是可以想見的，我們每個人都在計劃著復員之後的事情，幸福似乎已經呈現在我們的眼前了。

但，我卻沒有想到回家，雖然我離開越南（從祖父那一代開始，我們僑居在海防）已經有六年多了。當時我只有一個意念：脫下軍服，便立刻到緬甸去，我要娶瑪愛耶，然後把她帶回國，再繼續讀完我的醫科。我認為沒有什麼事情可以阻止我的，而且從離開她的那天開始，我已經儲蓄了一筆數目不算少的旅費，同時以結婚這個理由，我還可以向家中要一點錢。

可是，當我們朝夕盼望著復員令，開始對軍隊生活感到憎惡和厭倦的時候，危機已經在人們對和平的迷醉與歡狂時偷偷地醞釀著，在陰謀者的策動下，一個可詛咒的新的戰爭終於在北方和政府所忽略的角落裡爆發了，我們隨即被空運到東北去增援……

悲劇就這樣形成了。

經過兩個月的苦戰，我們的部隊終於被持有俄式槍械的共軍所擊潰，惶亂中我曾經和一些同伴逃亡，我們化了裝，晝宿夜行，挨盡了艱苦，但不幸在最後的一段路程裡，我們被一支土共部隊俘獲了。從此，在十三年另七個月的時間裡，我們過著中古世紀奴隸式的非人生活。

如同是一個永不甦醒的噩夢，想到它就會使我渾身顫抖。直到去年的初夏，我抓住了一個偶然的（只有一個經過長期囚禁的人，才會相信一切逃亡的計劃都是沒有希望的）機緣，逃過了邊界。當我的腳踏著溫暖的泥土，呼吸到芬芳的自由的空氣時，我才能清清楚楚地看見自己，我才意識到，我已經是一個疲乏、消沉、帶點神經質的中年人！唯一不變的，只有我對瑪愛耶的愛心——它是超越了時間和空間的，如同瑪愛耶的形象，在我那被相思的濃情所包裡的心靈裡，她仍然是一個嬌小的楚楚可憐的女孩子。

在香港街頭流浪的第三天，我竟於無意間（因為是他先發現我的）遇見醫學院時期教藥物學的老教授，經過短短的談話，他帶我到他在九龍開設的診所裡去。

最初的三個月裡，我是他的病人，然後便變成了他的助手。他是個孤獨的人，我記得在學校裡時他並不怎樣喜歡我，原因是我的功課並不好；其實，做醫生並不是我的志願，我從小便以為自己將來會為一個畫家，或者像父親一樣，是一個生活在海上的人。但，理想、抱負、那些美麗的憧憬和幻夢，都離我而去了。尤其是當我明白越南的老家以及北緯十六度以北的土地已經割讓給越共時，我連最後的一點點熱情都消失掉了。我曾經為這件事悲傷了很久，我不知道家中的人是否已經撤到南越去，是否安然無恙；總之，我變成一個無家可歸的人了。

老教授曾經勸慰我，一邊託人替我在西貢打聽家人的消息。等到孱弱的身體和疲憊的心靈漸漸恢復過來之後，我要去見瑪愛耶的慾望亦漸漸加強了，但這是一個秘密，我從沒有向老教授透露過，我一方面是害怕他會恥笑我的癡心，同時我不願意讓任何人分享我回憶瑪愛耶時心中所升起的快樂。

做一個內科醫生的助手，工作是相當輕鬆的。老教授堅持著要給一份薪金，我只好依從他，不過，我把它全部積存在他那裡。整整十個月，除了到旅行社去打聽消息，我幾乎沒有離開過診所。

當應診的規定時間過了之後，我便把自己留在診所後面的小房間裡，研讀老教授為我指定的功課，同時為一份綜合雜誌翻譯一些短篇文稿。

直至有一天，當老教授看完最後一個病人，正要準備離開診所時，我用一種微微有點激動的聲音叫住他：

「嚴教授，我有一件事……」

他回過身來，睜睜地望著我。他那孕滿憐愛的目光使我變得有點拘束。

「我們坐下來談吧！」他把帽子掛回衣架上，然後溫和地向我說。

坐下之後，看見我始終沒有開口，於是他問：「你是不是有什麼困難？」

「……」我緩緩地抬起頭：「我……我要走了！」

「走！到那裡去？」他詫異起來。

「緬甸！」我簡短地回答。

「哦！你已經和家裡連絡上了！」

我搖搖頭，露出一絲苦笑。「去看另外一個人。」我低聲說：「一個緬甸女孩子！」

他的眼睛漸漸瞇起來，眼鏡的玻璃片上又映出發光的百葉窗，像是整理了一下思緒，他說：「你告訴過我的，你以前在緬甸打過仗。」

「十五年前。」我補充道。

「你們一直有聯絡嗎？」

「沒有！」

他頓了一下，一絲深摯的微笑開始從他那滿佈皺紋的嘴角流露了出來。

「你認為有這個必要嗎？」他探詢地問道。從他的語氣裡，我聽到另外一種意義。但我平靜地說：

「在大陸上，我沒有死，而且還逃出來，大概就是為了要見她吧！」

「那很好！」他向我轉過身來，按著我的手說：「你應該去看她！要不然你會追悔一生的！」

我忽然敏感地想到，他始終過著獨身生活的原因——但他已經繼續說話了：

「你存在我這裡的錢不夠的。」

「我還有一些稿費。」

他點點頭，回復原來的姿勢。「你已經打聽過了？」

「嗯，」我回答：「我幾乎每半個月就打聽一次，大後天就有一條船……」

「你要坐船去？」他打斷了我的話。

「坐船比較省錢，而且經過越南的時候，我就等於回過一次家了！」

「其他的手續呢？」

我愧疚地把我已經偷偷地辦妥了出境護照和簽證這回事告訴他，同時，也述明了今後的計劃。他非但沒有半點生氣的樣子，反而極力鼓勵我。最後，他還摯切地說：「你馬上就去訂船票吧！我會盡我的能力幫助你的！」

二

我終於搭上了那一班船。

那是一條掛挪威旗幟的萬噸級貨輪，預定在西貢、仰光、孟買等埠停泊，然後繞行到歐洲。像這種貨輪，通常都沒有客艙的，設備並不比普通載客的郵船壞，由於搭客不多，所以招呼得相當周到。而我卻是這三十多位旅客中唯一的中國人。

除了用餐的時間，我必須要到船上僅有的一間大餐廳裡去之外，在白天，我幾乎全部時間把自己留在右舷甲板的帆布椅上，我總認為在那兒可以看得見陸地——其實，那邊和任何一個方向一樣，除了那朦朧而略呈弧形的海面，什麼也看不見。

第三天，我知道船已經——或者即將進入越南的海域了。不知出於一種什麼心理，我從早上開始，便守候在那兒，連午飯都沒有吃。

在那迷茫的海天接處，我似乎可以看見那片緋色的土壤——我生長的海防市；於是，夾道的相思樹在這個季節裡盛開的紅花，開始在我的眼前片片散落，我聞到熟悉的街頭樹蔭下，咖啡攤飄過來的香味，小運河岸邊的垂釣，塗山發光的沙灘和浪花飛濺的巉岩……。

「今天的風浪不小呢！」我聽見一個愉快的聲音在我的身旁發出。

我猛然醒覺過來，才發現那個慣常和我同坐一張餐桌用餐的美國青年，不知道在什麼時候已經坐在我左邊的帆布椅上。

他大概只有二十五六歲，高高的，有一頭褐黃色的頭髮。老實說，我雖然和他們（另外還有一對環遊世界以娛晚年的老夫婦）坐在一張桌上吃過幾頓飯，但我對他並無什麼印象，我只覺得他老是拿著一本小小的書——現在，他也拿著一本。而且向我微微笑了。

我發覺他是一個易於親近的人。

「哦，是的！」我機械地說，然後禮貌地向他點點頭。

他挪動了一下身體，大概是要使自己坐得更舒服一點。

「我叫雷蒙——雷蒙・赫金斯！」說著，他向我伸出瘦長的手。

我接住他的手，然後用並不怎麼流利的英語介紹自己。

「我姓潘，」我說：「Peter Pan.」

「Peter Pan!」他困惑地重複著，然後吹了一聲口哨，把雙手向兩邊伸開。「是那個會飛的彼德潘嗎？」

他那種滑稽的樣子使我笑了。

「我本來的英文名字是米高，」我說：「不過，朋友們都喜歡叫我這個名字。」我又回過頭去望著海面。「那是很久以前的事情了！」

沉默了片刻，我忽然又想起瑪愛耶。我想，我馬上就可以看見她！她會變成什麼樣子呢？她還會記得我嗎？也許……

「很久以前的事情了！」雷蒙故意重複著我的話，我的思想突然被打斷了。

回過頭，我發現他注視著我。

「還包括一個美麗的愛情故事吧！」他試探地說。

我震顫了一下，臉色隨即陰暗下來。「美麗的！」我在心裡唸著，感到一陣劇痛——我想：在他的世界裡，一切都是美麗的，但是我只看見醜惡！

「我非常抱歉，」覺察到我這種難堪的反應，他歉疚地說：「我是無意使你難過的！」

「沒有什麼！」我掩飾地點點頭，然後故意把話題岔開。我指著他手中的那本書說：「你是一個小說迷嗎？我總是看見你拿著它。」

「哦，那不是小說！」他說，把捲在手上的書遞給我。「是Vip的漫畫！我覺得他的漫畫可以訓練我對一切事物的觀察能力——非但要看清外層的細微，而且要透進核心！」

「你也是一個漫畫家嗎？」

「像嗎？」他認真地問。

「我不知道，我只是隨便說說。」

他像是有點失望。

「我是一個記者，」他說：「美聯社的旅行記者。也就是說——他們要你到那裡你就得趕到那裡！」

「我倒羨慕你的職業。」

「起先我也羨慕的，但是等到你幹了三年下來，就等於被強迫去看一部已經看過若干遍的影片一樣！這就是我喜歡他的漫畫的原因！」

我隨手翻了翻手上的書，困惑地抬起頭。「我不明白你的意思！」我說。

「你看，」他隨手把書拿回去，指示地說：「他所畫的人物不都是一個樣子的嗎？大大的鼻子，圓圓的眼睛——因為它們只代表男人和女人，並不一定要分開為張三李四，黑種人或者白種人！」說著，他又把書遞給我，聳聳肩膀，下著結論：「這個世界，都是一樣的，山、水、鳥、獸、男人和女人——一樣的！」

他這種天真的見解使我有點生氣。

「是的，」我說：「應該是一樣的！但是你沒有到過連人和牲畜都沒有分別的地方！」

「……」他不說話了，只望著我。

「我剛從那個地方來的！」我淡淡地說。

這天，我們的談話就在這兒結束了。第二天，他又到甲板上來找我，我們談到各人的目的地：我只告訴他，我到仰光，查訪一個多年不見的朋友；他說他先到孟買，可能再到加爾各答去；看樣子可能是與艾森豪訪問亞洲有關。當然，我們也談到一些關於自己的事情，比方二次大戰期間我也到過印度，曾在緬甸打過仗，負過傷；以及他的家，開油井的哥哥，他在西德服役的情形……等等。

船在西貢停泊的那個晚上，他告訴我他希望成為一個小說作家，他準備著手寫一部有異國情調的小說。

「用美國城鎮家族為題材的小說已經寫得太多了，」他嚴肅地說：「而且，我覺得電氣爐子弄出來的蘋果漿，沒有小火爐裡烤出來的夠味！我們的生活太機械化了，什麼都用按鈕，我害怕有一天按鈕一按，愛情便出來了——所以，我決心要寫他們從未接觸過的生活！沒有電氣設備、樓房汽車、尼龍織物和銀行支票的生活！」

「傑克・倫敦的小說都是這樣的。」我說。

他頓了一下，好像對我知道傑克・倫敦感到驚異。他說：「但是我要寫溫柔的那一面，真純的那一面！」

我又想起瑪愛耶了。霄蒙所說的，不正是瑪愛耶所過的那種生活嗎？在遠離文明的山村、草屋、小溪，月夜的歌舞……

雷蒙的聲音又滲進我的妄想裡來。

「那天你說『那是很久以前的事了』這句話的時候，」他真誠地望著我。岸上的燈光斜照著他，我很清楚地看見他眉宇間所顯示的意念。他低聲接著說：「我知道你所指的，並不單純是『彼德』這個名字，而是另一件事情！像你這樣的年紀，仍然獨身，而且去找一個分別了十五年以上……」

「你怎麼知道是十五年以上？」我急急地打斷他的話。

他的眼睛驟然明亮起來。

「那麼我的推測是對了！」他露出一層狡猾的笑意，然後得意地向著我解釋：「你不是曾經告訴過我，二次大戰期間你在緬甸作過戰嗎？那麼由時間推算，應該是十五年以上了！」

我緘默了。大概發現我不願意談論這個問題，他猶豫了一下。終於伸出手來拍拍我的肩膀。

「原諒我，」他摯誠地說：「這只是我的好奇心而已——你不想到岸上去走走嗎？離開船的時間還有好幾個鐘頭呢！」

「你請便吧。」我說。

他遲疑了一下，想說什麼，但終於轉身走開了。

三

在到達仰光之前，我為什麼始終不願意把我和瑪愛耶的這一件事告訴雷蒙呢？我不知道！我甚至連我的最終目的地是加邁（Kamaing）也沒讓他知道。船離開西貢之後，我們仍然把許多的時間留在甲板上，但我們雙方都盡量避免牽引到那個話題。可是，這樣反而更容易想起瑪愛耶。我不斷的在想、在計算：船逐漸駛近仰光了，下了船，我可以直接乘坐火車或者汽車，經曼德勒（Mandalay）到臘戍（Lashio）再經密支那（Myitkyina）、孟拱

（Magaung）而轉到加邁去。那雖然是一段遙遠的路程，但，至少我是逐漸向它接近了。

記憶裡的加邁的春天是很美的……

我遇見瑪愛耶，是到加邁一個月以後的事。

記得，密支那經過三個月的苦戰，終於克復了。地面部隊渡過伊洛瓦底江，向八莫追擊。直至泛濫在叢林裡的南高江的江水開始退落，雨季將要結束的時候，我才由密支那飛回沙杜渣。

我是一個隸屬中國駐印軍兵工營汽車修理連的上等兵，從利都（Ledco）開始，我們這個連始終處於火線與後方之間，負責搶修各部隊的輜重車輛的任務。三個月前，我和另外一位姓沈的同伴，被調到密支那去；當時密支那是敵人的後方，由於連綿不斷的雨季，加邁方面的戰鬥無法進展，因此總指揮部才定下突襲密支那的計劃，我們這一批參與這次戰役的人員，是乘坐滑翔機在密支那城郊的機場強迫降落的。

現在，我平安回來了，但等到我回到連部，才知道我所屬的第二組，已經進駐加邁了。

雨雖然停止了，可是及膝的泥濘封塞了所有的道路，一切補給都依賴空投。愁悶地等了三天，才設法搭上一艘由美軍黑人駕駛的小汽艇，趕到加邁去歸隊。

看見我平安歸來，同伴們興奮得要發狂，因為我們這個營派出的十四個人，只生還一半。我到達的時間，已經是傍晚，除了滿地泥濘，可以說對加邁毫無印象。我知道我們的營地在離河邊不遠的小山頭上。同伴們告訴我，後面本來就是二十二師的師部，現在差不多走光了；那邊還有一個大戲台，曾經演出過平劇，露天電影場也在那附近，每三天換一次片子。

當然，那晚上我們大夥兒圍在大帳篷裡，談天說地。那個渾號叫做「張大郎」的矮子張洪光不知道從那兒弄來了一筒土人釀造的竹管酒，使每個人的頭腦都有點暈暈然。在軍隊裡，任何話題都可以「自然而然」地轉到女人這個題目上來的，而且自從我們到達印度之後，根本就沒有機會接觸女人——在蘭姆加軍區的生活太緊張，而且印度女人身上的那股怪味令人無法欣賞，但出發前方之後，從利都開始，別說女人，甚至連看見一頭雌性動物的機會都不可多得了！

但，儘管如此，我對於他們那種猥褻的談論和敘述，仍然發生不了什麼興趣。由於這個緣故，一些愛取鬧的同伴們便時常懷疑我的發育不夠正常，根據他們的邏輯，一個二十歲的男子，至少要對女人發生點興趣才對。

不過那晚上他們的話有點特別，所談論的女人都是「瑪」什麼「瑪」什麼的。於是我困惑地問坐在我身旁的王立仁。

王立仁的出身很好，是上海聖約翰的高材生，英語和上海話、國語都說得一樣好；儘管在部隊裡吃過不少苦頭，但永遠改不掉那種玩世不恭的少爺脾氣。他是我們這一組人之中對女人最有經驗的，而且有手腕有耐性；在蘭姆加受訓的時候，我們連小便的時間都沒有，而他卻能——且有勇氣在鐵路那邊的村子裡交上一個印度女朋友。

現在，他望望我，然後一口把漱口盅裡的酒乾掉。「明天你就知道了！」他有意味地說。

我沒有再問下去。他既然裝得那麼神秘，我當然沒有理由不讓他保守著這份秘密。

第二天一早，王立仁就到帳篷來把我弄醒，說是帶我去見識見識。

我近乎忙亂地洗漱之後，就跟著他走了。一路上，他故意不說話，只是含著那種詭譎的微笑，使我心裡很不舒服。直至下了那座小小的山頭，轉出右面的公路上時，他才和我說第一句話，帶著惋惜的口吻：「你來得太遲了！」

「什麼事情太遲了？」我不解地問。

「喏，就在前面！」

前面轉彎的地方，我看見好些中國大兵圍在路旁的幾棵大樹下面。走近了，我才發現那些令人遐想的緬甸姑娘——這是我到印緬之後，第一次看見那麼多姑娘。她們穿著質料很薄的短短的上衣，圓領，袖管很窄，裸露的小腹下面，是一條花布沙籠；她們跣著雙足，盤膝坐在地上，面前的畚箕裡擺著一些青菜瓜果，和新鮮的魚。當那些大兵用笨拙的手勢和她們交易時，她們可以用簡單的中國話（數目之類的話）回答。嘴邊永遠掛著可愛的微笑，露出她們那潔白而整齊的牙齒。

「她們都長得不錯吧？」王立仁用肘拐碰碰我，笑著問。

我發現他在注意其中的一個。我含糊唔了一下。

「你看，他們的皮膚——你說應該怎麼樣描寫？」他頓了頓，接著，一本正經地說：「吹彈得破——章回小說的筆法！告訴你，劉錚已為她們寫過好幾十首詩了。」

劉錚是我們的詩人，曾經在軍隊辦的四開油印報上登載過幾百首八行詩；方方正正的，每行十二個字。我相信王立仁並沒有說假話。他已經走到其中我認為最漂亮的那一個女孩子面前，而那個緬甸姑娘卻溫柔地望著我笑。

突然，我的肩頭被王立仁重重地拍了一下。我聽見他得意地笑著說：「好！到底是英雄所見！」

當我回過頭去望他們時，他湊近我，放低聲音繼續說：「她叫做瑪喬美亞——是她們裡面最漂亮的！」

「你怎麼會知道她的名字？」我稚氣地問。

他沒理會我，只是含情脈脈地凝望著瑪喬美亞，用一種夢幻的聲音說：

「瑪喬美亞是我的！」

「你的！」

「瑪喬美亞，」王立仁不管別的大兵在笑他，蹲在她的面前，捉住她的手，問道：「妳說是我的？」

她羞澀而多情地笑著，輕輕地推開他的手，然後將一個早已準備好的葉包遞給他，嘴裡喃喃地說著緬甸話。

顯然王立仁明白她說些什麼，他很快地站起來，從口袋裡掏出一盾盧比給她，然後和我離開那裡。

「現在，你總該明白我為什麼說你來得太遲了吧！」他說。沒等待我回答，他已經把話接下去：「我跟你說吧，到加邁的第一天，我們便分配好了——這是最公平的，誰第一個發現，就歸誰，誰也不許搶！所以，你大概也可以看出來，我和瑪喬美亞的情感已經很不錯了！至於其他的人，當然他們都知道怎樣去找尋樂趣。」

「哦……」我漫應著。

看見我不響，他像是突然發覺了點什麼似地停下腳步，用一種半探詢半勸慰的口吻說：「你用不著失望！村子裡也許還有好的呢！我一定帶你去，瑪喬美亞就住在那個村子裡。」

以後，王立仁差不多每天都向我提起他的瑪喬美亞，那就是說，其他的同伴也向我提起他們的「瑪」什麼的。

後來我才弄明白，緬甸女人的名字上都有一個「瑪」字。而我，雖然有時也為之心動，但始終沒有提醒王立仁要他帶我到村子裡去。我總覺得，一個未滿二十歲的大孩子單獨跑去「獵艷」，終究是一件值得羞恥的事情。至於王立仁始終沒有履行他對我的諾言，我知道他根本把那回事情忘得乾乾淨淨了。

不過，我每天早上都和他們到「小市場」去。我很快地便學會了講幾句緬甸話（同伴們每個人都有一本小本子，把學來的緬甸話註上音），同時也認識了劉錚的「小安琪兒」——一個白白胖胖的、叫做瑪丁芝的緬甸姑娘。劉錚每天要為她寫一首詩，還要強迫著唸給她聽。

愛情是促使人成熟的，分別三個月，我發覺劉錚已經比我大上好幾歲了。

半個月過去了。駐留在加邁的後方部隊亦陸陸續續出發了。可是，我們這個曾經分開過而又集中起來的連卻沒有半點出發的消息。沒有工作，閒散得令人發悶。

一天，早飯後，王立仁忽然向我說：

「一起到村子裡去嗎？」

「什麼時候？」我反問。

「就是現在。」

「哦，」我故作輕鬆地笑起來：「我以為你已經忘了！」

「答應你的事情，怎麼會忘呢！」說著，他用手拍拍身上掛著的乾糧袋（裝得滿滿的），提示地說：「可是別忘了帶幾個罐頭去——這是見面禮！」

那個村子距離公路約莫有三里路，雖然也有一條狹窄的車路通到那兒，但路面上卻沒有車輪的痕跡。路的兩旁，樹木並不多，幾乎全長滿了高高的麻褐色草叢。王立仁說：假如晚間來的話，要帶槍，因為這一帶有老虎。而且，他還告訴我，在以前軍人是禁止到村子裡去的。

「你說以前是什麼意思？」我問。

「就是二十二師師部沒有走的時候！不過現在不同了，天高皇帝遠，現在誰也管不了！」

「哦……」

「從現在起，」他接著說：「你喜歡什麼時候去，就什麼時候去！」

越過一片小小的田地和竹林，便看見那座村落了。那些房屋是傳統的緬甸山地建築，都是用竹子搭成，頂上蓋著茅草；疏疏落落的，大約有四五十戶人家。

進去之後，王立仁熟識而親切地向村子裡的人招呼著，然後帶我走到右面一棵大樹那邊去。樹下有一間草屋，我知道那一定是瑪喬美亞的家；因為我們才走近門口，便有一個中年婦人迎出來，異常謙恭地招呼我們坐在門口的小竹凳上，然後給我們張羅兩杯那種用青葉子泡的苦茶。

王立仁開始和她用生硬的緬甸語談話了，話裡不斷地提到瑪喬美亞。我忽然看見一個身段很美的緬甸少女從樹後的小徑向我們坐的地方走過來，頭上頂著一個水罐。

但等到她在我們面前把腳步停下時，我反而不敢去望她了。她站著，和瑪喬美亞的母親（王立仁向我介紹的）說了幾句話，便向前面左側的那間草屋走過去了。

發覺我那麼出神地望著她的背影，王立仁笑著問：「你是不是喜歡她？」

這句毫不保留的問話使我的臉驟然紅起來，連瑪喬美亞的母親都忍不住笑了。她望著我，向王立仁簡略地說了兩句什麼話，王立仁忽然重重地在我的肩上拍了一下。

「你還不快點把鬍子養起來！」他用調侃的聲調說。

「……」我困惑地望著他。

「她剛才說你像個小孩呢！」

「誰？」

「瑪芝。」

「誰是瑪芝？」

「就是剛才走過去的那個女孩子呀！」

我發覺瑪喬美亞的母親又望著我笑，使我非常狼狽。但王立仁已經站起來了。

「走！我替你介紹認識她！」看見我仍猶豫，他慫恿道：「怕什麼！你應該讓她知道，你已不是一個小孩子才對呀！」

瑪芝會說很好的雜有雲南土音的中國話，所以當王立仁看見瑪喬美亞回來而將我留在她的屋子裡時，我似乎已經和她很熟識了。

依照王立仁的叮囑，我把帶來的罐頭送給她。她一連說了好幾次感謝我的話，同時要留我在她那兒吃午飯。我正要婉辭，她急忙說：

「你是怕你的朋友要走！」

「……」

「嘿，」她笑了：「他不到晚上是捨不得走的！就算他要走，瑪喬美亞也不肯讓他走呀！」

「不！我……我怕我會打擾妳。」我訥訥地說。

「那裡的話！」她忽然注視著我問：「你以前沒有到這裡來過嗎？」

「我才到加邁不久。」我誠實地回答。

「哦，怪不得！他們呀，一到村子裡就像回到家裡一樣，中國兵真好玩！」

我假意打量著屋子，避開她的睛眼。

「在以前，日本兵也時常到村子裡來嗎？」我隨口問。

她沒有馬上回答，但是她那雙狹長而多情的眼睛卻瞪住我。

「當兵的都是一樣的，」她忽然認真起來：「你也想在村子裡找個女朋友嗎？」

我愣著，一時不知怎麼回答才好，而她卻輕輕地笑起來了。這時，我才意識到她在捉弄我。接著，她要我隨便坐坐，便開始忙著做飯。

從瑪喬美亞和瑪芝的家看來，她們的生活是非常困苦的。她們的家，僅是具有一種象徵性的形式而已；屋子裡，有一張佔全面積一半的床（竹子編製的，上面鋪著光滑的竹片），除了床角上堆著一些被褥和衣物，其他一無所有。至於烹煮的地方，就在門邊的地上，簡簡單單地堆著幾塊石頭、一些乾柴、水罐和用具而已。

所以，當瑪芝坐在一塊小木頭上做飯時，我可以異常仔細地端詳著她：

緬甸女孩子的頭髮很美，黑而柔軟，瑪芝的髮式是散披在身後的，皮膚白皙而光潤，她的舉動和身體上任何一個地方的線條一樣，是荏弱的，使人一見便發生憐惜之感。

像是發覺我在注意她，她回過頭，輕盈地對我笑笑：「你今年多大了？」

「十九，不過快到二十了。」我靦覥地回答。

她笑得更自然了。「一點都看不出來呢！」她認真地說，然後回身去撥弄著柴火。

我突然有被侮辱的感覺，但抑制著。「那麼妳呢？」我問。

「我什麼？」

「妳的年紀。」

「哦，我已經十七歲了」

我幾乎忍不住要大笑起來。「一點都看不出來呢！」我學著她的腔調說。

她慢慢地把身體回過來，靜靜地問：

「那麼你以為我多大？」

「最多不會超過十四！」

「十四！」她掩著嘴笑起來，但我總覺得她這種笑並不是表示快樂。

不過我又想：在文明社會裡，年紀之對於女人是非常重要的，我雖然並不了解這個國度的風俗，但我將她的年紀少說幾歲，總不至於引起她的不快吧！

她慢慢地止住笑，用袖口拭著眼角。

「我已經結婚三年。」她淡淡地說。

「結婚！」我幾乎叫起來。

「不像嗎？」

「啊……！」

「我的男人要回來吃飯的。」她繼續說：「等一下你就可以看見他了。」

我深長地吁了口氣，久久說不出話。

吃飯的時候，瑪芝的丈夫回來了，手上拿著一把彎彎的緬刀，把一捆柴草放在門外邊。當他發現我在屋子裡時，他遲疑了一下，像是準備退出去似的。

瑪芝用緬甸話向他介紹了，他拘謹地向我點點頭，然後在床的另一頭坐下來，開始抽他的捲煙。

他是一個沉默的人，看起來年紀至少要比瑪芝大一倍。吃飯的時候，他始終低著頭，當我要他吃我帶來的罐頭食物時，他才謙遜地向我笑笑。

這種局面，是令我非常尷尬的，我後悔為什麼要留下來。可是瑪芝似乎並不覺得，她依然那麼慇懃地招待著我，和我談著話。

「剛才替你介紹我的男人時，」她天真地說：「才想起還不知道你的名字！」

我把名字告訴她，接著我們便談起這個村子的事情來。她說村子裡住有幾家雲南人，是從前到這裡來做寶石生意的。離加邁不遠的孟拱是世界上聞名的紅寶石產地，周圍有好多個寶石礦場。據說當年每個人只要向礦主交五百盾盧比，就可以進去自己開採，但離開礦場時，必須把挖到的寶石照規定的價錢賣給礦主；雖然這樣，仍然是一件發財的工作。

「這個村子，以前住有好幾百個工人呢，」她說：「我的男人也幹過挖寶石的工作，不過他的運氣太壞！」

「不然，妳就不會在這種荒僻的地方了。」

「我以前是住在密支那的，而且我第一個愛人，就是雲南人。」

現在我明白她能夠說那麼好的中國話的原因了。我瞟了她的丈夫一眼，因為我怕他會聽懂剛才她說的那句話。

「你不懂我們的風俗，」她解釋道：「緬甸女人婚前是完全自由的，而且結婚時，來參加婚禮的愛人越多，丈夫覺得越光榮，不過，婚後就絕對不能隨便了。」

「這是很對的。」我說。

飯後，瑪芝的丈夫又悄悄地拿著緬刀走掉了，我在她那兒留了一些時候，便借故到王立仁那邊去。王立仁正在幫助瑪喬美亞做什麼事，大概剛剛做完，正在放下捲起的袖管。看見我走進來，他有意味地問：

「怎麼樣，很有趣吧——瑪芝呢？」

我沒有回答他的話，說是要先回去。

「回去？」他驚異地叫起來：「時間還早吶！」

我仍然不響，他開始發覺我的神情有點不妥了，於是低聲問：「是不是她得罪你了？」

我搖搖頭，表示若無其事。「只是覺得無聊！」我說。

「跟瑪芝聊天也覺得無聊嗎？」

「不是這個意思！」我有點厭煩地抱怨道：「你早就應該告訴我，她是有丈夫的！你不知道剛才多尷尬！」

「哦……！」他微微仰起頭喃喃地說：「我真的把這回事忘了——我還一直把她當小姑娘呢！」

「小姑娘，她說已經結婚三年了！」

王立仁摸摸下巴，望著我。「大概是天氣的關係！」他說：「不過，你不要灰心，我一定叫瑪喬美亞給你介紹一個。」

這次。王立仁真的將替我介紹的事忘了，他一直沒有再向我提起過。

但，我仍然時常到瑪芝那兒去。

最初，瑪芝不免對我的行動有點感到詫異，不過，當她以後逐漸從我的舉止和談吐中看出我並非有要從她的身上獲得一些什麼的時候，她才安下心來。這似乎是一個默契，是屬於我和她兩個人的，大家都心照不宣。

當然，我承認她的容貌和笑意常使我顫慄，但當我想到她是以一種怎樣虔誠的心意接待我時，我的一切雜念，都在轉瞬間煙消雲散了。

而最值得欣慰的，就是她的丈夫也漸漸地了解這一點，所以在很短的時間內，我們便建立了友誼。每次我到村子裡來的時候，或多或少，總給他們帶來一些食物和一些日常用品；空暇的時候，我便向他們學緬甸話，每學一句或一個字，便將它記在那本記事冊上，旁邊再用中文或英文註音。所以很快的，我已經開始能夠說簡短的緬甸話了。因此到後來，他們夫婦不管我聽不聽得懂，絕不用中國話和我說話。

半個月就這樣過去了。

這時，前方的部隊已經攻下八莫，快要和國內的遠征軍會師了。開拔的謠言又開始傳出來，鬧得每個人都神魂不安。

不過，我知道在短期間是不會成為事實的，因為雨季剛過，工兵們還得有充分的時間去修築那些被山洪沖毀的公路和橋樑，而且我們這支工兵部隊，沒有在密支那停留的必要。所以我猜想，當前線再有一點進展的時候，我們便可能開到八莫去了。但，這只是我個人的毫無根據的推測而已。

有一天，我又在上午到瑪芝家去，因為前天晚上我臨走之前，她說有什麼話要告訴我。但當我跨進她的屋子，我看見一位陌生的中年婦人坐在床沿上，她的身旁站著一個十歲左右的男孩子；他的右腿可能有毛病，支著一根拐杖。

他們怯怯地望著我，我覺得很拘束，於是想轉身走出屋子，但，一個衣服骯髒破陋的女孩子頂著一個水罐走進來了，我笨拙地向左右讓了幾下，才讓開一條路給她走進去。

我走了出來，但並沒有打算走開，而她——剛才進去的那個女孩子，卻很快地拿著空的水罐出來了。

看見我還呆呆地站著，她微微地向我笑笑，可是當她正想走過去時，我用緬甸話問她：瑪芝到什麼地方去了！

聽了我的話，她顯然是為了我用「克米亞」（緬甸話「你」的尊稱）稱呼她而感到驚異。她微張著小巧的嘴，好奇地凝望著我。

我發覺她的眼睛很美，黑而深邃，頰上有天然的紅暈，頭髮梳成一個髮髻，頂在頭上，領上和耳邊飄著些零亂的散髮；她身材雖然顯得有點瘦弱，但非常勻淨，從她那仍然帶點稚氣的意態看來，最多不會超過十六歲。

她匆匆地從我的目光中逃開，只低促地回答我說瑪芝就會回來的，便低著頭向小溪那邊走過去了。

等到她的身影被前面的樹叢遮沒，我突然轉了念頭。將肩上的乾糧袋掛在門椽上，我隨即向村後通往山邊的那條小路走去。

我希望能夠在寺院的附近找到瑪芝。因為那一帶生長有一種味道十分鮮美可口的野菜。我想：也許她知道我今天會來，所以特地到這兒來採擷。

可是，找遍了整個山坡，仍然找不到她。於是，我順便採了一些野菜盛在軍帽裡；所以當我慢慢走回來的時候，已經過了正午。

一走進門，我愕了一下。原來瑪芝大婦和那三位客人已經坐在床上，看樣子是在等待我回來吃午飯。

「哦，你到那裡去了！」瑪芝急忙接過我的軍帽，然後抱怨似地說：

「連我們的客人都在等你吶！」

「很對不起！」我向其餘的人說。

這個時候，我才發覺那個女孩子已經梳洗過了，而且換了一身潔淨的衣服——那是一種手織的細紗布，半透明的，上面印有淺紅色的小碎花。

看見我在發愣，瑪芝輕輕地拍了我一下，用一種喜悅而攙有些兒調侃意味的聲音說：「別把人家小姑娘望得臉紅呀！」

但，她這一說，臉紅的卻是我了。

因為我有點張惶失措，她笑起來。然後一個一個地向我介紹：

「這位是我的姨媽，」她指著那位婦人說：「他叫做谷薩恩，我的表弟；這位是瑪愛耶，我最漂亮最可愛的表妹！」

我向他們點點頭。我發覺瑪芝忘記了介紹我。但那有什麼關係呢！他們將來總會知道的。於是，我們在床邊留下的兩個位置坐下來。

「他們是從八莫那邊逃回來的，」瑪芝接著說：「以前，他們也住在這個村子裡。」

「他們以前的房子呢？」我問。但我發覺那女孩子睜睜地望著我。

「早就給別人拆掉啦！這都是我們回來之後重新蓋的呢！」

「哦，你們也曾經逃過的！」

「誰有膽量不逃！嚇死人了！」

我望望他們母女三人，說：「那麼他們得重新蓋了？」

「可不是！不過也並不麻煩，只是蓋頂的草料比較難割一點——我的男人下午就去山腳那邊給他們砍點竹子回來。」

我不響。吃過飯，我說我得馬上回部隊去。瑪芝覺得奇怪，但我並不說明原因。兩個鐘頭之後，我沒有請別人幫忙，獨自扛著一塊沉重的大油布和一些鐵絲釘子之類的用物回來。

瑪芝他們正在離開小溪不遠的一片空地上挖著洞，旁邊有好些才砍來的青竹，看見我那汗流浹背疲憊不堪的樣子，他們愣了好半天，望望我，又望望地上的那捆帆布。

瑪芝首先笑起來。「瑪愛耶！」她向仍然在發愣的瑪愛耶喊道。

瑪愛耶向她走過去。她在她的耳邊吩咐了幾句話，瑪愛耶便轉身走了。

「你先坐下來歇一會兒吧！」瑪芝關切地說。

「我一點也不累！」我說。

「還說不累！等一下瑪愛耶陪你去洗個澡去！」

我把她的話在心裡重複了兩遍才嚷出聲音來：「她陪我去洗澡！」

但是瑪芝並不理會我，已經走過來解開那捆油布的繩子了。她陪我去洗澡？我再問自己，開始糊塗起來——不過，我相信瑪芝沒有說錯，我也沒有聽錯。

而瑪愛耶已經拿著一個空的水罐走來。同時，她將一碗冰涼的苦茶遞給我。

我接過茶碗，才發現她那件短短的上衣已經脫掉了，沙龍由腰間繫到胸脯上。這是緬甸女人傳統的沐浴時的裝束。

可是，我不能理解，為什麼要讓一個女孩子陪我去？難道說，緬甸也和日本一樣，有男女同浴的風俗嗎？

我在玄想，瑪芝已經在催促我了。

「走吧，」她認真地說：「滿身汗，不難過嗎？」

「可是……」我為難地說。

瑪芝示意地向我使了一個眼色，低聲解釋道：

「別再可是了，這是禮貌——到了河邊，你自己就會明白。」

禮貌！天知道這是什麼禮貌！但是，我終於無可奈何地默然跟著瑪愛耶到溪邊去了。

在溪邊，我呆呆地站著，因為這種情形是令人啼笑皆非的。我突然懷疑這是瑪芝的惡作劇，可是，我從她們的神態上又看不出半點這種意味……。

我聽說緬甸在過新年的時候有互相潑水的風俗，但今天，看樣子絕對不會是新年的……。

就在這個時候，瑪愛耶站在沒脛的溪水中，用她那清澈的聲音說了：

「快脫衣服呀！」

我含糊地應著。但我的手仍然緊緊地捉住自己的衣襟，沒有任何舉動。

「先脫掉鞋子！」她又說。

奇怪，這次我竟依從了她，像是一個聽話的孩子。我脫掉鞋襪和衣褲，只剩下一條草綠色的軍用內褲。

總之，當時我的樣子一定很可笑，她已經忍不住笑了。接著，她要我向她走過去，指示我背著她在她的面前蹲下來。我照著做了。她便舉起水罐，將水從我的頭頂淋下去。

那沁涼的溪水使我驟然震顫一下，發出一聲怪叫。

「用手擦擦你的身體呀！」她溫柔地命令道。

「哦，擦擦我的身體！」我唸著，而且我完全明白過來了。我開始責備剛才自己的思想太褻瀆。

我一邊撫擦著身體，她一邊將水淋在我的身上，等到我洗完了，她卻將那個水罐遞給我。我接住水罐，有點困惑，看看她的神情又那麼莊重，我反而不敢發問。而她已經背著我，在我的面前蹲下來了。

現在，我相信瑪芝所說的那句話了，於是我也學她一樣，將水罐盛滿，然後從她的頭頂淋下去；我看見她雙手蒙著臉，笑出聲音來了……

自從幫助瑪愛耶將那一間用帆布做頂（不過她的姨夫依然蓋了一層茅草在帆布上）的竹屋子蓋起來之後，我時常到她那兒去了。這也許可以說是瑪芝極力鼓勵我這樣做，不過，我每次去的時候，總是將一半食物交給瑪愛耶的母親，另一半送給瑪芝。

當然，只要有機會，我總要提議去洗澡的，瑪愛耶從來沒有拒絕過我的要求。而這種「風氣」，很快地便使王立仁和劉錚也向他們的瑪喬美亞和瑪丁芝作同樣的要求了。

和瑪愛耶在一起，即使默默相對——她平常是不太愛說話的，但有時候又滔滔不絕，在那個時候，不管是不是完全聽得懂，我總是非常有耐心地聽下去——我的心中也有一種不可抑制的、幸福的感覺。雖然這種感覺有點飄忽，但絕非不真實。我覺得世界上再沒有什麼事情比我們的愛情更真實了！真實到不知道——也用不著知道從什麼時候發生？如何進展？我們好像在未見面之前已經相愛了，因此我們用不著再說愛字，因為它已經不能容納下我們心靈中的全部思想和情意了！

對的，沉浸在愛情中的人是傻瓜，也是智者。為了表示我對她的愛，我曾經偷偷地模仿劉錚的風格，寫了一首詩——算它是詩吧，而且只有四行——獻給她。我把它抄在一張小小的紙片上，但我幾乎用了一個早上的時間，仍然無法讓她明白什麼叫做「詩」。

不過，她已經明白這幾行中國字的重要性。她扶著我的肩膀，把整個身體靠著我，要我唸給她聽。

於是我唸了。結果，我用了好幾天時間也解釋不清楚那首詩的意義。但她卻把那張紙片藏在她的百寶箱——一個小小的糖菓鐵盒裡了。

第二天，為了答謝，她說她要送給我一個緬甸名字。

「很好，我先謝謝。」

「但你一定要用它的！」

「當然，妳以後就用這個名字叫我好了！」

她開始仰起頭笑了。她跪在床上——她總是喜歡這樣的，合著雙手，我不知道這算不算是祈禱。

「把名字告訴我呀！」我催促道。

「谷——表——雀！」她止住笑，滿臉莊嚴地說了。

「谷——表——雀！」我跟著唸。

「你喜歡嗎？」

「谷表雀是什麼意思？」

「呃，谷表雀是……」她比著手勢，現在，輪到她感到困難了。「——他是我們緬甸，呃，一個最大最……的，呃，不是！他是天上……」

最後，因為無法解釋，她揑起粉拳捶打著我。「不管，」她嬌嗔地嚷道：「總之谷表雀是最好的！」

「谷表雀當然是最好的，」我有意味地說：「不然，瑪愛耶怎會喜歡他呢？」

明白了我話裡的含意，她激動地撲倒在我的懷裡。「瑪愛耶也是最好的！」她喃喃地說。

「當然，當然，」我說：「所以谷表雀一定也喜歡她！」

後來，為了要明白這個名字的含意，我去問瑪艺。她告訴我說，那是一個緬甸英雄——幾乎接近神了——的名字，是代表權力和尊貴的。

我不明白為什麼瑪愛耶要給我這個名字。也許只是為了愛我，並無其他意義。當一個人深愛著另一個人的時候，往往會做出許許多多毫無意義的事情來的。

有一天，黃昏的時候，我們在營地的小山頭上，發現前面的山坳裡來了一大群野牛——其實並不是野牛，而是一群無人看管的黃牛，牠們的主人也許在戰爭中死去了。我自問並不是一個怎麼勇敢的人，但是那天為了「谷表雀」這個名字，我竟然提著槍和連上的幾個「亡命之徒」一起去了。

結果，我們雖然殺死了一頭牛，但已經飽受虛驚。因為當槍聲響後，牛群並未奔逃，反而怔怔地用一種可怕的目光瞪著我們，使我們連呼吸都被這種莫名的驚駭所窒息了。

僵持到天色暗下來，我們才用一陣亂槍將它們嚇退。

那晚上，我渾身沾著血漬，提著一大塊血淋淋的牛肉到村子裡去。瑪愛耶見到以後驚駭地望著我，愣了好一會，才撲過來緊抱著我，隨即便軟弱而悲痛地哭泣起來。

「谷表雀！」她懇求道：「谷表雀！答應我以後不要再做這種事……」

除此之外，我還答應過她不做另外一件事——送東西給她。

我送過他們兩張美國毛軍毯（是我和「張大郎」賣私酒換來的），和一些用品以及衣服；給谷薩恩的軍衣，現在已經由她的母親改小穿在身上了，遺憾的是我不能替他找到一雙合他穿的鞋子，不過，後來我發現，他們是不慣於穿鞋子的，我送給瑪芝丈夫的那一雙，就始終沒有看見他穿過。

至於瑪愛耶，我在孟拱的醫院裡用高價向一位傷兵買到幾幅人造絲空降傘送給她。那是在前方空投醫藥和貴重補給品用的，有好幾種顏色，每幅都是同等大小的長三角形，接縫處穿著一條很好看的絲帶子。村子裡的姑娘們，都渴望得到這種既美觀而又堅固的料子做衣服。

過了幾天，她卻將兩條用白色的空降傘製成的短褲遞給我。

「這是送給妳做衣服的！」我說。

「我已經有很多衣服了。」她溫馴地回答。

「妳不喜歡它嗎？」

「喜歡……」

她故意走開，但我攔住她。

「瑪愛耶，」我說：「一定有什麼事情，我看得出！」

「沒有事！」她的聲音顫抖了。

「妳是不是不願意告訴我？」

「放開我，谷表雀！」她懇求道，但我發現她的眸子裡孕滿了淚水：「我求你放開我！」

她使性地掙扎著，我只好鬆開她。於是，她走到屋角上，背對著我。她的樣子使我起了一種憐惜之感，我想：我也許曾經做錯什麼事了，不然她不會對這樣的；因為我從來沒有看見過她這種樣子。

我走近她輕輕地撫著她的肩頭說：「是不是我做錯了事情？」

她顫抖了一下，驟然轉過身來向著我說：「不！不是！」她激動地用手捫著我的嘴，我發覺她的臉色變得蒼白。「你沒有錯！不過，你以後不要再送東西給我！我求你──你不知道，除了你，我什麼都不需要了……」

我注視著她，她這種意態和解釋使我愈加肯定其中一定發生了一件相當嚴重的事情。「直接告訴我，瑪愛耶！」我深情地說。

她似乎是思索了一下，然後沉重地吁了一口氣，把眼睛閉起來：「別人已經在說閒話了！」

「誰在說閒話？」

「……」

「村子裡的人？」

她仍然不響，但我知道一定是村子裡的人。「不是也有人送東西給他們嗎？」我不以為然地大聲嚷道：「有什麼值得他們說的呢？」

「你不知道的！」她煩亂地說。

「但我要知道！」

就在這個時候，她的母親和谷薩恩從外面走進來。她掩飾地隨手拿起掛在柱子上的小竹籃子，低著頭走出去。

我知道她要到寺院那邊去採野菜（為了我愛吃它），所以我和她那面帶憂慼的母親說了幾句話，便趕到那邊去。

可是，她幾乎不願意和我說話，儘管我怎麼問，她都不回答，只是低著頭採擷著那種堇色的野生植物，好幾次我攔阻住她，她總是用一種近乎哀求的口吻要我不要為難她。她承認自己今天的情緒不好。

結果，只採了半籃野菜，她便孤獨地回去了。

從此，在整整的一個星期之中，我再也看不見她以前那種稚氣而令人心醉的微笑了。

我發覺她開始有意地規避我，整天躲在家裡，我從她母親那種憐惜的目光中窺見她的痛苦，而且，她絕不穿上我送給她的用空降傘製成的衣服。

我曾經把這種情形告訴過王立仁，起先他笑我太緊張，他說女孩子的情緒有時會受生理上的因素影響的。

「說不定她已經有了！」

「有什麼？」我聽不懂他的話。

他詭譎地笑了，我恨透了他這種笑。

「有什麼？你還裝蒜！」他說。

「我裝什麼蒜？我真的不知道！」

我的樣子使他相信他原來的想法是錯了，他仍然有點懷疑。

「難道說你還沒有跟她發生過……」他翻動著右手，故意不把話說下去。

「你是說發生關係？」

他滿意了，輕輕地聳著肩膀：「難道你還要我說出更文明的詞兒——？快要做爸爸啦，兄弟！」

我忿忿地推開他的手，我第一次發現他是那麼使人厭惡。「去你的！」我詛咒道：「我們才沒有你們那麼骯髒呢？」

他愣住了，半晌，他才笑起來。「骯髒！」他譏誚道：「好！我們骯髒！你們純潔，偉大——別黃熟梅子賣青啦！」

「我沒有強迫你相信呀！」

這次，他相信了。我悲傷地坐著，他站在我前面，摸著下巴，忽然，他若有所悟地說：「我想通了——不過，也許你不愛聽。」

「你說嘛！」我抬起頭。

「說不定是因為你不跟她……那個的關係啊！」

為了這句話，我發誓永遠不再理王立仁，但實際上當天晚上他又找我說話了。

「我想過了，」他誠懇地說：「你不妨問問瑪喬美亞，她不是和瑪愛耶很要好的嗎？」

於是第二天一早，我便到市集（那時已儼然是一個市集了）上去找瑪喬美亞。不過，等到她把生意做完要收拾回去時，我才走過去。

聽了我的話，她連忙表示：

「我絕對不會這樣的，你知道我跟瑪愛耶從小就……」

「我知道，我不是說妳，」我笑笑：「我是說其他的人——難道一點原因也沒有嗎？」

「我想不出。」她含糊地說。

「也許妳也不想告訴我！」

她沉吟了一下，我把握住這個機會。

「我還是去問別人吧，」我假意說：「反正我一定要把那個原因找出來的。」

這一下，她真的著急了。

「你等一下，」她為難地說：「其實我不應該告訴你的，因為我怕你聽了別人的話，會誤會她，那就更不好了！」

「我為什麼會誤會她呢？」

「你聽了真的不會難過嗎？」

「妳說吧，」我慫恿道：「為了瑪愛耶，妳更應該把真相告訴我呀！」

她低頭整理了一下思緒——大概是想把話說得簡截一點：「事情是因為瑪愛耶再回到加邁來……」

「她為什麼不可以回來？」我不以為然地喊道：「她本來就住在加邁的呀！」

「但是她回來之前，是跟一個日本軍官跑掉的！」

「噢！……」

看到我的神色有異，她哀求地說：

「希望你不要以為我在說她壞話！」

「我沒有這樣想。」我茫然道。但我仍然在想：跟一個日本軍官跑掉！跟一個日本軍官跑掉……「為什麼要跟一個日本軍官跑掉呢？」我的聲音在問。

「我只曉得，他很喜歡她！」

「瑪愛耶呢？」

「這我就不知道了——你會原諒瑪愛耶嗎？」

我苦澀地笑笑。一切紛擾都過去了，我的頭腦裡突然變得一無所有。這是一種奇異的感覺，因為我竟然想不起我和瑪喬美亞在談些什麼？甚至瑪喬美亞是什麼人我都想不起了……

「你怎麼啦？」瑪喬美亞推推我。

「哦，沒有什麼。」

「我真不該把這件事告訴你的！」

「謝謝妳。」我說。

這天晚上，我沒有帶槍，獨自到村子裡去。因為在晚間可以避免瑪愛耶或者她家裡的人看見我。我真不知道在這件事情證實之前，我是否應該見到她？見到後又該怎麼辦？

瑪芝的丈夫也在屋子裡，正盤膝坐在床上抽捲煙。看見我走進來，他們同時驚異地望著我。我的臉色一定很蒼白，我站著生硬地對瑪芝說：「我想問妳一件事情！」

「坐下來呀。」她連忙向我走過來，「究竟是什麼事？」她關切地問：「你跟瑪愛耶吵架了？」

我用力地吸了一口氣，彷彿要把內心的空虛填滿。

「瑪愛耶以前是不是真的和一個日本軍官走掉的？」我直截地問：「是不是真的？」

我很明顯地看見一道陰影掠過她的臉龐，她的臉色變得更蒼白了。

「這是誰告訴你的？」她嗄聲問。聲音低沉得像是在問她自己。

「誰說的都不要緊，我只問你是不是真的？」

她驟然軟弱地掩著臉嚶嚶地哭起來，她哽咽地說：「有這回事，但是你不應該怪她的……」

「哦……」我又開始昏亂起來了。

我不明白自己為什麼會這樣，我發覺自己握著門椽的手在微微地顫抖。然後，我緩緩地回轉身，麻麻木木地穿過前面的小空場。

當我經過瑪愛耶的屋子時，我聽見谷薩恩在說什麼話，燈光從門的縫隙漏出來，直直地貼在地上，我並不想走進去。我不知道我在想些什麼，甚至我是怎麼走回營地的，事後我都記不起來了！

至少有一個星期，我沒有再到村子裡去。我被困在一種愁苦的情緒中，鬱鬱終日。

王立仁和劉錚他們只以為我和瑪愛耶「鬧翻」了，所以時常有意無意地告訴我一些關於瑪愛耶的事，但這反而加深了我的痛苦。我雖然不了解自己為什麼不要再見她，但我卻十分明白我一點也不恨她，只是我的愛承受不下這種不可拒抗的打擊而已。

有時，我恨不得以為瑪愛耶就是一個淫蕩虛假的女孩子，那麼，我的創傷也許不會那麼深；但事實上，她只是一個不滿十六歲的女孩子而已，她不可能是那樣的人；甚至有時候我會懷疑這個事情都是瑪愛耶的一種詭計——考驗我是不是真的愛她……

於是，我偷偷地為自己想出了好幾種理由，再回到瑪愛耶的身邊去，可是，我在半途又廢然而返了。

在這些日子裡，瑪芝曾經託人帶口信給我，約我到村子裡去玩。但瑪愛耶則始終無聲無息，也許瑪芝已經把我問的話告訴了她，因此，她不敢先向我作任何表示吧——但，我仍然是那麼愛她，愛得令我心痛。我一直在盼望著，只要她來，只要她向我笑一笑……

最後，我只好把我的「解脫」寄託在出發上，因為只要一走，就一切都要丟開了——蘭姆加，被印度人稱為「婆羅門之子」的布拉馬普得拉河、利都、丁江、黑色的野人山、屍臭四溢的丁高沙坎……不是已經被我們遺棄在後面了嗎？

但，出發的消息仍遙遙無期，我幾乎沒有一天不詛咒這件事。

舊曆年的除夕，連長突發豪興，邀請全村的人到我們部隊來和我們一起過年。這個消息使全連為之雀躍歡騰，因為差不多每個士兵都在村子裡找到一個情人了。連醜陋如「張大郎」的，也得到一位年輕的寡婦垂青。這種聚會，對於他們來說，當然是值得慶賀的。

從這天的清早開始，大家就開始忙碌著。因為依照連長的意思，餐後還要在車場上舉行一個軍民聯歡晚會。黃昏的時候一切都佈置妥當了，工程車的發電機軋軋地響著，在車場上拉著一圈電燈；場子當中，鋪著一塊很大的新帆布，作為表演的地方。

在天色入黑之前，村子裡的人被接來了，滿滿地裝了四卡車。我不敢走過去，只是站在遠處窺望著，突然，我看見瑪愛耶了——在看見她之前，我的心理非常矛盾，我怕看見她，又盼望著她來。現在，出乎我意料的，她竟然穿著一件白空降傘製的上衣和一條藍空降傘製的沙籠，所以在人群中非常顯目。她的母親和瑪芝兩夫婦站在她的旁邊。

可是，我突然發覺自己沒有勇氣走過去見她。

聚餐的時候，我已經躲在自己的帳篷裡喝醉了酒。同伴們都參加晚會去了，我卻癱瘓在行軍床上，喘息著，一邊用心傾聽外面囂鬧的人聲……

晚會終於開始了。我聽見連長用半醉的、濃重的湖北口音致詞，然後由那位姓伍的華僑村民翻譯成緬甸話；接著，那些令人心煩的節目開始了——

那個被我們叫做「老百姓」的工務組長的破提琴獨奏，王立仁唱那支至少唱過八百遍的英文歌，莫翻譯官和那個據說在桂林指揮過合唱團的「小牛皮」的合唱，說笑話，相聲……等等。

最後，我聽見熱烈的鼓掌聲，尖銳的口哨和類乎癲狂的歡呼聲，於是，幾個女孩子清越的歌聲輕輕地唱起來了：

松——車——啊……

由爹，由爹，

……

我十分真切地聽到瑪愛耶的聲音夾雜在裡面。驀然，我激動地扶著帳篷的支柱站起來，掙扎到門邊。我看見三個緬甸少女並排站在那張大帆布的中央，四周圍坐著一圈人。

她們一邊唱，一邊跳著土風舞；時而合手，時而跪下來叩拜——瑪愛耶就在正當中。

我還記得，瑪愛耶曾經教我唱過一支緬甸情歌，歌詞的大意她不肯向我解釋，而且不許我去問瑪芝。她知道我時常把自己不知道的事情去問瑪芝的。

「假如你去問她。我以後就不再教你了！」她認真地嘟起小嘴說，嘴角顯出細細的皺紋，和她微笑的時候一樣。

「好，我不問！」我馴服地說：「但是總得告訴我那是一支什麼歌吧？」

「情歌！」

「是男孩子向女孩子唱的？還是女孩子向男孩子唱的呢？」

「不管！總之是情歌！」

直至我答應了，而且還要依著她的規矩發誓——就是和婆羅門教徒禮拜神佛一樣，合著手掌，低著頭，同時不許張開眼睛——她才開始唱：

芝芝唉

狄鞭敖馬咧

禾扛馬咧鴉在嗝
奔咧鴉麥……

我跟著唱，漸漸地，我的眼睛開始模糊起來了，我不知道這場歌舞是甚麼時候結束的，而且我已經倒在行軍床上了。

突然，我覺得有一個冰冷而柔軟的東西觸及我那垂在床邊上的右手。在睜開眼睛之前，我已經意識到是瑪愛耶在我的身邊了。

「谷表雀！谷表雀！」果然是她瘖啞地在喊著，並且把臉貼近我。

我很久沒有聽見過有人用這個名字喊我了，她緊緊地抓著我的手，望著我那冷漠而注滿了妒恨的眼睛。她展露出一個淒涼的微笑，然後怯怯地說：

「你看我穿的是什麼？」

「瑪愛耶。」我聽見自己那冰冷的聲音說：「妳比她們都美！」

她激動地撲倒在我的胸膛上，深情地喊著「谷表雀」這個名字。

我陡然從行軍床上端坐起來，她嚇了一跳。「妳也叫他做谷表雀嗎？」

我生硬地詰問。

「叫誰？」

「那個妳跟他一起走的日本軍官！」

她劇烈地震顫了一下，用手緊抓住自己的胸口。「啊……你已經知道了！」她痛苦地自語道：「——所以你恨我！你不要見我！」

我望著她。雖然我在心裡向自己說：「我沒有恨妳，我要見妳！」可是，我卻輕蔑地說：「繼續騙我吧！我會相信的！」

「不要這樣說，谷表雀！」她昏亂地搖著頭。「我沒有騙你，我發誓沒有騙過你！」

「發誓吧！合著手！低著頭！閉起眼睛——不過，我不會像以前那麼傻了！」

「愛我是一件很傻的事情嗎？」

「妳也一樣！不管妳是真的，還是假的！」

「難道你懷疑我？」她軟弱地問。

「是事實使我懷疑！」我理直氣壯地說。

「那麼，你恨的只是我為什麼要跟那個日本軍官走了？」

我不響，也不看她，因為儘管我心中多麼不願意傷害她，而事實上她已經受到傷害了。

沉默片刻，她開始用一種抑制的聲音說：「你已經不會再相信我的話了！但是我仍然要說：我是愛你的，我從來沒有這樣愛過一個人——所以我也希望你不要侮辱那個日本軍官。」

我猛然扭轉身體，激動地吼道：「難道妳還要我歌頌你們愛情的偉大嗎？」

「愛情？」頓了一下，她才分辯道：「他只不過是我們的恩人呀！你沒看見谷薩恩的腳嗎？」

我從激動和困惑中漸漸鎮定下來。

「那是他替他醫好的。」她繼續說：「為了這件事，他給他們的軍隊抓起來，因為他們的藥品很缺乏，連他們自己都不夠用！」

「他是為了愛妳才這樣做的！」我故意說。

「也許他愛我。」她緩緩垂下頭來：「不過他從來沒有向我表示過……」

「但是妳卻和他一起走了！」

她抬起頭，困難地解釋道：

「當時我們不能不這樣做！因為他逃出來了，遍身都是傷，萬一被抓回去，一定會被他們處死的，而那個時候你們又打過來了，我們便把他化裝成我們一樣，偷偷地帶著他一起逃……我們躲在山上，非常非常地苦，結果——」說到這個地方，她突然激動得說不下去了。

等到她再平靜過來之後，我輕聲問：「他就放你們回來了？」

「不是！」她痛苦地說：「他——自殺死了！」

我驀然發覺自己的思想竟然是那麼污濁，對那位自殺死去的日本軍醫和瑪愛耶，我心中有說不出的愧疚。於是，我站起來，走近她。她背著我在低頭抽泣。

「瑪愛耶，」我輕輕撫著她那微微在搐動的肩頭，慚愧地說：「請你原諒我，我是不應該這樣想的。」

「不要這樣說。」她哽咽道：「是我不好，是我讓你這樣想的！」

我低下頭去吻她耳後的散髮，她突然扭轉身，發狂地緊抱著我。「現在我什麼都不怕了！」

她宣示著：「讓他們去說吧！谷表雀，你不知道這半個月來我是多麼想你！」

我吻她，吻裡有辛辣的酒氣和淚的鹹味：「妳也喝醉了？」我在她的耳邊低聲問。

「喝了很多！」她喘息著回答：「要不然我就沒有勇氣進來找你了！」

我又吻她，直至她癱瘓在我的懷裡。

「送我回去吧，谷表雀！」她熱望地提議道。

「現在就回去嗎？」我問。車場上正表演著一個令人歡狂的節目。

「我要讓你知道一件事！」她玄惑地說。

我在柱子上拿下我的衝鋒槍，扶著她走出帳篷。我們悄悄地繞到前面去，然後推動停在車場旁邊的吉普車，使它順著斜坡下山道。到了山腳，我才啓動引擎，開亮車燈，緩緩地沿著崎嶇而狹窄的大路向村子駛去。

一路上，瑪愛耶都沒有說話，只是把身體緊緊地偎倚著我。但我知道她是醒著的，每當我呼喚她的名字時，她便輕輕用鼻音應著，同時，用手指輕輕地撫著我的臉頰。

吉普緩緩地向前行駛，冷風由車旁撲進來，到達村子裡的時候，我和她的酒意已經完全消失了。

村子裡冷冷清清的，狗在吠叫著，除了一些看守門戶的老嫗和孩童，所有的人都去參加這個千載難逢的盛會去了。看情形，他們在午夜之前是回不來的。

點亮了屋椽下的油燈，瑪愛耶隨即返身投入我的懷裡。她關切地問：

「你還沒有吃晚飯，不餓嗎？」

我吻了吻她的額，反問道：

「妳怎麼知道我沒吃飯？」

「我找了你兩遍，都沒見你！」

「後來怎麼知道我在帳篷裡呢？」

「是他們告訴我的！」她憨直地說：「你不知道，進去之前，我心裡真怕！」

「怕什麼？怕我殺了妳？」

「不！我不怕你殺！」她又將臉頰貼在我胸前，我發現她的臉滾熱：

「我只怕你不要我！」

我又吻了吻她。

「我們再喝點酒吧！」她忽然提議。

「妳還沒有喝夠？」

「讓我們痛痛快快醉一次！」她興奮地說：「而且，今天是你們的大節日呢！然後，我跳舞給你看，你剛才不是沒有看我跳舞嗎？」

「剛才我站在帳篷口看的。」我說。

「你騙我！」她皺了皺鼻子。

「瑪愛耶，我永遠不會騙你。」

「好，我相信！不過我要為你跳，只跳給你一個人看！」

說著，她已經從屋角掛著的竹管裡倒了兩碗米酒，遞一碗給我，然後一口把它喝掉。於是她要我脫下鞋子，坐到床上去，面對著她，她便開始在床上跳起來。

開始的時候，她跪在床上，雙手合十，隨著動作的擺動唱著：

松——車——啊……

由爹，由爹……

接著，她屈膝站起來，揚著手，跳著，旋轉著……

當歌聲漸漸靜止後，她突然停下來，帶著狂熱而亢奮撲倒在我的身上。

「谷表雀！」她呢喃地低喊著，然後把灼熱的吻印在我乾燥的唇上……

我醒過來的時候，已經是午夜一點鐘了，當我扭過頭去看枕在我臂上的瑪愛耶時，我發覺她的眼睛睜得大大的，望著黑暗的屋頂。

「你醒了！」她安靜地說。

「妳沒有睡著嗎？」我問。

「我不睡，我要永遠記著今天晚上。」

「我也會記著的。」

她甜蜜地笑了，把身體轉過來，望著我說：「谷表雀，你還記得我在帳篷裡說的最後一句話嗎？」

「你說，要我馬上送妳回來。」

「我問的是下面一句！」

「我忘了。」

「那麼你也會把我忘掉的！」

「別說傻話！」我說：「告訴我，妳說什麼？」

她裝著生氣，但馬上又忍不住地帶點羞澀的口吻說：「我說，我……要讓你知道一件事！」

「哦……」

「現在你知道了吧！」說著，她連忙把頭埋在我的脅下。

我幸福地笑了。「瑪愛耶，」我說：「妳不後悔嗎？」

「除非是你！」

「我為什麼要後悔呢？」

「以後你就不能忘掉了。」

「我不會忘掉的——妳要我發誓？」

「唔！」她點點頭。

當我正要坐起來，做她最喜歡的「遊戲」時，嘈重的卡車馬達聲已經駛入村子來了。

「他們回來了！」我說。

「噢！真見鬼！」她懊惱地抱怨道：「仲手緊抱著我的腰，不要管他們！」

「要是媽媽進來……」

「怕什麼！」她認真地說：「我已經是你的了！」

「別孩子氣！」我拍拍她的臉，然後把衣服穿起來。

突然，急促的腳步聲由遠而近，最後我聽到劉錚在叫我的名字。我答應之後，他低促地說：

「快點出來，有要緊的事！」

我來不及扣好衣鈕，連忙跳下床，打開那扇竹門。

他先向屋裡望望，然後神情緊張地把我拉到樹下，低聲說：

「要出發啦——開八莫！」

「什麼時候？」我追問。

「明天早上六點鐘，命令剛到，所以晚會只好提前結束了！連長本來打算鬧個通宵的呢！」

「哦……」有好幾分鐘我說不出話，像是驟然失去了一切力量。

「你怎麼啦？」他推推我。

「沒什麼。」我漫應著。

「馬上就要趕回去收拾啦——我還要到瑪丁芝那邊去一下！」

就在這個時候瑪愛耶從屋子裡走出來了，她疑惑不安地望著劉錚，於是我低聲對劉靜說：

「你先回去吧，我馬上就來！」

劉錚走了之後，瑪愛耶突然驚惶地捉住我的手，我感覺到她的手冰冷。

「什麼事？」她低促地問。

我能夠告訴她什麼呢？我只默默地凝望著她。屋子裡燈光從後面落在她的身上。半晌。她瘖啞地問，那聲音好像並不是由她發出的，有點顫抖：

「你們要走了？」

為了避開她的眼睛，我便緊緊地抱著她。「瑪愛耶！」我深情地喊著她的名字：「瑪愛耶！」

她開始痛心地哭泣起來了。她的哭聲使我感到紛亂，於是我努力找些能說而她易於了解的字句勸慰道：

「瑪愛耶！妳聽我說，現在是打仗，我是兵，這是沒有辦法的！」我捧起她的臉，繼續說：「等到把日本人打走了。我會回來的！」

她淒苦無助地搖著頭。「你不會再回來了！」她重複地唸道：「你不會再回來了！」

「妳為什麼不相信我呢？」我搖撼著她說。

「我相信！我相信！」她含糊地喊：「可是，什麼時候你才能回來呢？什麼時候呢？」

什麼時候？我說不出話來了。

送村人回來的大卡車到了，瑪芝和瑪愛耶的母親匆匆地向我走過來。當然，她們早就知道這個消息，於是，開始去勸慰瑪愛耶。

瑪愛耶大概也明白這是一件無法避免的事，所以也漸漸止了哭。

「什麼時候走？」她低聲問。

「早上六點鐘。」

瑪芝接著告訴她，我們部隊裡已經開始在收拾了。她沉思片刻，然後抬起頭，多情地望著我的眼睛：「那麼你還是快點回去吧！」

瑪芝和瑪愛耶的媽媽交換了一個眼色，知趣地拖著谷薩恩走開了。

「瑪愛耶！」我低聲喊道。

「谷表雀！」她也喊著我的名字，極力地忍住哭，勉強露出一絲笑容。

「妳要注意自己的身體！妳的身體並不好。」我叮囑道：「千萬不能哭……」

「我現在不是在笑嗎？」

「我向你發誓，」我虔誠地說：「不管怎麼樣，我一定會回來的！」

她突然把頭低下來。「我不敢想！」她說：「我真的不敢想！」

「妳要相信我！」我說，熱淚已經沿著臉頰滑落下來了。

「我當然相信！」她重新揚起頭，深情地說：「所以我只要你記住我！不要忘記我！瑪愛耶永遠等著你回來的！」

我又緊緊地擁抱住她，吻她。最後，她用力推開我：「你快點回去吧！」

「你明天會來送我嗎？」我問。

「來的，我一定來的！」說著，她驟然掙脫我的手，奔進她的屋裡，隨手把門掩起來。

那晚上，我們為著準備出發的事情，一直忙到第二天天亮。

等到車隊已經在山下面的公路上排列好，準備出發了，但是我焦急地向四面張望，仍然沒有看見瑪愛耶。她的母親和瑪芝兩夫婦站在一邊，看到我不安的神色，不斷地向我保證，說她一定會來的。

這位可憐的母親並且還對我說：瑪愛耶昨晚始終沒睡過，而且當早上她們催她起來的時候，她還像是正在忙些什麼，還說會馬上就追上來。

「我剛才看見她跟瑪喬美亞在一起。」瑪芝說。她的眼睛紅紅的，一直用一塊小小的手絹蒙著鼻子。

她不會發生什麼事情吧？我隨即打斷了這個念頭，不敢再繼續想下去。其他的人，都在殷殷話別，我看見劉錚正皺著眉頭，一個人伏在四分三「道奇」的寬葉子板上寫些什麼，瑪丁芝在旁也蒙著臉哭。我把部隊帶不走而讓我弄到的糧食和用物，分送給他們兩家人，瑪芝又哭起來了。

「我們一直都是你照顧的，」她哽咽地說：「要是沒有你，我們真不知道苦成什麼樣子！」

她這句話使我想到今後的問題。

瑪喬美亞抱著一個小小的布包，奔跑著來了，臉孔拉得比馬臉還長的王立仁連忙向小路迎上去，但我沒看見瑪愛耶。

「她還沒有到嗎？」當我跑去問瑪喬美亞的時候，她驚異地說：「她比我先來的呀！」

「路上妳也沒有看見她？」

「沒有！」她說：「我一直跑，真急死了，我怕趕不上呢！」說著，她忽然放聲哭起來。

我覺得應該馬上趕到村子裡去一趟，而且我非常後悔昨晚為什麼不在村子裡多留一些時候。

——但是出發的號聲突然響起來了……

車輛隨即發動，士兵們連忙向車上爬去，村人的啼哭聲、喇叭聲、哨子聲、長官們的吼叫和咒罵，眼前只是一片騷亂。我望著比先前顯得較為明亮的小路，卻看不見一個人。

我忽然有個不幸的預感。「她不會來了！」我喃喃道。

前面的車子已經都動了，我連忙解下我在利都定製的一條銀腕帶，它的背後刻有我服役部隊的番號、我的姓名以及國內的地址。

「這是我送給瑪愛耶的！」我向她的母親說：「請你交給她，同時，告訴她，谷表雀一定要回來的！」

她開始傷心地啜泣起來，但我已經沒有時間去安慰她了。

接著，我忙亂地把口袋裡所有的盧比掏了出來，急急地塞進她的手裡，連話都不說，便返身跨上車子……

瑪愛耶終於沒有來！

我一邊駕駛著車子，一邊推想她不來送我的原因；我回味著這段來得太遲而又結束得太快的戀情，我開始感到愧疚，因為我給她的，只是一個渺茫的許諾——可是，在戰爭中，誰又能夠保證五分鐘之後的事情呢！

車隊緩緩地向八莫進發，在孟拱休息的時候，我頹然地伏在方向盤上，一時百感交集，禁不住傷心起來。

突然，有人拍拍肩，抬起頭，原來是第四組的何萍。

他神秘地微笑著，凝望著我。「一個人在難過嗎？」他說。

我苦澀地笑笑。他將手上的一個小紙袋（K種口糧的蠟紙防水紙袋）遞給我。

「拿去吧，」他說：「這是你的！」

「什麼東西？」

「我們都沒打開——你拆開看吧！」

我連忙把紙袋的摺口翻開，原來裡面放著一方小小的手帕，它是半透明的紗布製成的，上面印有點點淺紅色的小花，角上繡著一個緬甸字。

我突然記起第一次遇見瑪愛耶時她穿的那件上衣，問：「誰交給你的？」

「當然是你的她啦！」

「什麼時候？」

「你們二組的車子剛開走，她就奔來了。」他認真地說。

「她有沒有說什麼？」

他呼了一口氣，愀然地說：「和我的瑪貢美一樣——她說要等你回來！」

他走開後，我的心上浮泛著一層淒涼的甜蜜。

我下意識地吻吻手帕上繡的那個緬甸字，我聞到我所熟悉的淡淡的香味。雖然我不知道這個字是代表什麼，不過，不管是什麼，它之對於瑪愛耶和我，都包含有一種特殊意義的。

「我一定要回來的！」我向自已說。

四

雖然我從沒有到過仰光，但是當我從跳板踏上碼頭的時候，我的心中充滿「我回來了」的親切而甜蜜的感覺。

下船之前——就是到達仰光的那天早上，雷蒙起得比往常早。因為我是慣於早起的。在這十多年裡，我幾乎都是在午夜就被拖起來工作的，直至現在，我仍然時常在半夜被一種淒厲的號聲驚醒。

他走進我的房間時，我知道他已經到中板上找過我。他的晨衣上沾著一層潮濕的霧氣。

「已經來不及收拾了嗎？」他坐在門邊的小桌上說。

「其實我沒有什麼東西可收拾的。」我把那個在香港上船之前買的小旅行箱關起來，回轉身問道：「聽說船要在仰光停泊一夜，你不打算上岸走走嗎？」

他眨眨眼睛，表示沒有興趣。

「我已經逛過兩次了，」他說：「我不喜歡仰光，其實它比西貢，或者其他的一些地方都乾淨，但是我不喜歡它！」

「至少沒有待在船上那麼悶氣吧。」我慫恿地說。但，我卻希望他不要下船，因為我發覺自已在仰光逗留五分鐘的耐性都沒有，我必須立刻趕到加邁去。

「嗯，船上的確很悶氣！喝酒，打橋牌——昨晚那對老傢伙又纏上我了！以後我得學你的方法，乾脆就說不會打——不會打不是什麼丟臉的事情吧！」

「我是真的不會！我只會打百分，那還是當兵的時候學的。」

「百分和橋牌是大同小異的。」

我們就這樣談些無聊的話。可是，我卻覺察到雷蒙的心意——毋寧說他的意圖吧！從船在西貢啓碇開始，我就發覺他在窺察我。當然，他所要知道的，不過是我為什麼要在十五年後再回到緬甸去而已。

我曾經想過，他是一個新聞記者，這個行業就是專門打聽別人的秘密的，這也許只是他在職業上的習慣。另外的一個原因，可能就是他要寫一部描繪自然的這件事。最近這兩天，我們幾乎都在談小說；我們談漢明威、紀德、莎崗、詹姆士、薩爾托爾和在不久之前撞車死去的卡繆——他似乎也熱衷於「存在主義」，而且對我對於這一新興學派的了解感到驚異，其實我只不過翻譯過幾篇有關於「存在主義」的評介文字而已。

「你自己為什麼不寫呢？」他時常這樣說。

「我只是一個還沒有拿到執照的半個醫生罷了！」

「那有什麼分別呢？」他熱心地說：「醫生要解剖人，找到他的病源；而小說是解剖人生，描寫它的現象……」

「就像打百分和打橋牌一樣！」

他笑笑，我知道他心裡正想解剖我，只是他的技巧不同。

但，現在，他仍然坐在門邊的小桌子上，一隻腳擱起來，再點上一支紙煙；從他那瞇起來的含有愛爾蘭血統的褐色眸子裡面，我直覺地意識到，他要把握這最後的一個機會，把雪亮的解剖刀子向我刺進來了。果然，他吐了一口煙，然後半真半假地說：

「除非你邀請我，不然，我寧可留在船上。」

我一時不明白他話裡的用意。

「為什麼呢？」我困惑地問：「我反正要下船的！」

「不！」他認真起來：「我不希望你以為我在刺探你的秘密。」

「我什麼秘密也沒有呀！」

「反正我不想知道……」

「除非我自動告訴你！」

他微微地笑了。

「也許有一天，我會告訴你的。」

「那麼，我非要用最大的耐心等待不可了——我上岸不會耽誤你的時間嗎？」

「我已經耽誤了十多年了。」

「好，那麼我也該換衣服了。」

我的香港護照使我順利地通過入境檢查，同時我除了一個放有兩套替換衣服的小旅行箱，並無任何行李，所以半個鐘頭之後，我已經和神采奕奕的雷蒙走在仰光的帶有一點中國情調的街道上了。

我先到一家中等旅社訂了一個房間，把東西放下來，然後和雷蒙一起出去。

雖然是春天，但仰光的天氣卻異常悶熱，雷蒙因為到過了兩次，一切都比我熟悉。我們雇了輛出差汽車，逛了幾個地方，拍了幾張照片，然後吩咐司機回華僑集中的區域去，因為我打算請雷蒙吃一頓中國晚餐。

當車子經過一條擁擠的街道時，透過車窗，我實在無心瀏覽仰光的風光，只希望快點動身到加邁去。

我想叫司機停車，但隨即又把已經伸出去的手收回來，雷蒙似乎並沒有發覺我這種反常的舉動。

「孟買一定更熱了！」他一邊抹著汗珠，一邊皺著眉頭說。

「你要在那邊逗留多久？」

「大概三幾天吧，這很難說的，」他說：「有一次我到牙買加，本來打算只住一晚，結果待了整整一個月，以致我在東京洗了好幾天的溫泉浴，身上仍沾有牙買加特有的那種怪味！」

「印度女人也有怪味的！」

「哦，女人！」他回過頭來望我，詫異地說：「我第一次聽你說到女人！」

「我可能還是摩門教的教徒呢！」

我後悔剛才說到女人，像一個逍遙法外的犯人一樣，我已經在無意間留下一條「破案」的線索了。

因為時間還早，所以雷蒙提議到酒吧裡去喝一杯酒，我並不堅決反對。可是，當我進入一家叫做「黑桃」的酒吧時，我敏感到那可能是雷蒙的詭計，因為我的眼睛還不及適應那裡面的黑暗的光線，已經有好幾個穿著怪模樣的緬甸吧孃向我們迎上來了。

「哈囉！」她們用懶散的聲調叫著，然後攙著我們的手膀，拖到其中的一個卡位裡去。

雖然我還沒有看清楚身邊的那位吧孃臉上是不是塗著一層厚厚的粉——

緬甸女人一種非常奇怪的打扮，臉上撲著粉，露出她們那黃黃的脖子——，但隨即打定了主意，我一口一口地喝著酒，故意和那個吧孃親熱。最初，他們可能以為我是美籍的的中國人或日本人，但是等到我用略為顯得有點生疏的緬甸話和她們調笑時，她們吃驚地叫起來，引得其他的吧孃都一起圍過來。

在酒吧裡鬼混了個把鐘頭，我們才走出來。

「現在你應該放棄女人這一條線索了吧！」我含著一種神秘而滿足的笑意說。

雷蒙瞪著我，但沒有說話。我心裡又想到旅行社。我必須到那兒去打聽一下，應該乘坐什麼交通工具到加邁去？同時我要問清楚時間和需要的手續。我準備到中國館子吃完飯後，便找個埋由獨自去跑一趟，我還大略記得那家旅行社的方向。

果然，雷蒙除了讚美中國的菜肴，他什麼也不知道。但是當我要送他回船的時候，他阻止我。「讓我自己走回去，」他握著我的手說：「你請便吧，我已經浪費了你不少時間了！」

「那麼再見了。」我誠摯地說。

「我永遠不會忘記這一段旅程的。」

但當我正要返身走時，他又叫住我。「噢，」他說：「我忘了提醒你一件事；緬甸是承認中共的！」

「這個我知道，」我說：「我拿的是香港旅行簽證。」

「但是仍然可能發生什麼麻煩的，你到底還是中國人。你看，有需要我幫忙的地方嗎？」

「謝謝你。不過，我覺得我這一次旅行，完全是辦理個人的私事，與政治無關的。我想不至於有什麼困難吧！」

「但願如此，」他又熱切地向我伸出手：「我永遠為你這件私事祝福！」

「我也為你的那部沒有電鈕的小說祝福。」

五

回到旅社，我忽然覺得雷蒙這個傢伙太無聊，因此我對自已所說過的話和所做過的事都厭惡起來。我認為一下船，說聲再見便完了。何必浪費掉那麼多時間去和他應酬？仰光晚間空氣的窒悶加重了我的煩躁，但我剛在房間坐下來，那位文質彬彬的賬房管事敲門進來了。

他很禮貌地遞給我一張小條子。「請您馬上到這個地方去辦理登記，」他說：「那邊已經來電話催過了！」

「警察局外事處。」我唸著那條子上面的字。

「按照規矩，入境之後的六小時內，就應該去登記的。」他補充道：

「目前是非常時期。」

我嘆了一口氣，隨即把脫掉的上衣再穿起來，雇一輛街車到警察局去。

接見我的是一位緬甸警官，臉上有點虛胖，不知是睡眠不足還是他本來就是這樣，眼睛無神無氣的。他讓我坐在他的大辦公桌對面的一張椅子上。

「你已經超過三小時了。」他望著手上的文件，用相當流利的英語說。

我告訴他我遲來的原因是事先並不知道這個規定，所以陪一位美國朋友在城裡逛到現在才回來。

「美國朋友？」他抬起頭。

「嗯，在船上認識的。」

「叫什麼名字？」

「雷蒙・赫金斯！」我奇怪他為什麼會問得那麼詳細，但他卻在紙上記下了。

「你知道他的職業嗎？」他嚴肅地望著我。

「他說他是美聯社的旅行記者，」我索性全部說出來：「要到孟買去！假如你要他的通訊地址，我也可以告訴你的。」

他擺擺手，露出一點微笑：「請你告訴我到緬甸來的原因。」他繼續說。

「採訪一個人。」我簡截地回答。

「在仰光嗎？」

「不是，在加邁。」

「加邁？」

「嗯，加邁——K-A-M-A-I-N-G！」

他思索著，顯然仍然不明白那是什麼地方。「請你說得更明白一點，它是靠近那兒的？」他用一種溫和的聲音說。

「在密支那的西北。」

他馬上明白過來了。我覺察到他的神情微微地起了一點變化。他看了看桌上的文件，然後顯得很有興趣地問：

「你以前到過那裡的？」

「嗯，到過。」我回答。

「在那一年份？」

「一九四三年的冬天。」

「一九四三年！」他有點吃驚，翻了一翻眼珠，他說：「那就是在戰爭的時候了！」

「是的，那個時候我在中國駐印軍裡面服役。」

「哦……」他摸了摸鼻子，然後謙遜而委婉地說：「雖然已經相隔十多年了，但是我仍然願意代表全緬甸的人民，感謝你們幫助我們把日本人趕出緬甸。不過，我們這幾年來，對邊界的事很頭痛——當然我用不著再向你詳細地解釋，你也會明白的。」他頓了頓，然後露出一點為難的樣子說：「而你要去的地方，正好又是中、印、緬未定的邊界，——最邊最邊的邊界，為了安全起見，我們一直把那個範圍劃為禁區的……」

我驟然緊張起來。照他這種說法，要到那邊去是一件很不容易的事情了。

「所以，」他歉然地結束這一段話：「我只能按照規定的手續替你辦理，你要填一份申請書註明旅行的理由，然後我替你呈報上去！」

我看看他遞給我的那份表格：「要多久才能批下來？」

「這很難說，現在我們國家的事務太多了，你可能要等待半個月到一個月的時間。因為上面也要按照規定調查清楚了才能批准的！」

登時我的心不斷地向下沉，於是，我想起雷蒙的話是有所根據的了。不過，他是一個美國人，他能夠幫我什麼忙呢？

當我問他，假如我要到臘戍是否受限制時，他連說：

「你千萬別動這種歪念頭啊！偷越禁區是要判死刑的！」

「我等於已經被宣判死刑了！」我絕望地說。

「為什麼？」他不解地問。

「不瞞你說，我身上所帶的錢有限，一個月以後，即使批准，我也動不了！」我開始感到有一點昏亂。「你不知道，我必須要馬上去，這樣等，我會發瘋的——你可能不相信，我現在不妨老實告訴你，這個機會我已經等了十五年了！」

他連忙站起來，替我倒了一杯冷的蒸餾水。

「你安靜一下，」他的態度變得溫和起來。「只要你有正當的理由，我想也會很快發下來的！」

「難道說，我要去看一個分別了十五年的愛人，這個理由還不夠正當嗎？」我幾乎在叫吼了。

「哦！」他怔了一下，連忙回到他的座位上，把頭湊近我問：「你說你去找的是你的愛人？」

我疲乏地點點頭。

他有點不大相信似地打量了我一下。然後又問：

「她叫做什麼名字？」

「瑪愛耶！」

我說。我漸漸平靜下來了。我警告著自已，衝動對事情是不會有幫助的。

「那麼，你能夠提出什麼證明呢！」他接著這樣問我。

我即刻從內衣袋裡，把那個保存了十五年的蠟紙袋掏出來，謹慎地遞給他。

他望望紙袋，又望望我，然後才伸手接過去，小心地將它打開，拿出那塊小手帕。

「這是她給我的，」我指著小手帕說：「那上面繡得有字。」

他仔細地看了一下，抬起頭說：「那幾個字是：我愛你……」

「這就是我的證明了。」

他微笑起來，我感覺到他那雙黯淡的眼睛裡閃耀著一種慈愛的光輝。他花費了一些時間，把小手帕放回紙袋裡，交還給我，然後毫無表情地在那張文件上簽了一個字。

「拿去吧！」他說。

我看看手上他遞給我的那張緬文的文件，問道：「這是申請表嗎？」

「不！這是特准通行證！」他凜然地說。

我懷著一種難以形容的喜悅回到了旅社，但當我經過賬房的時候，那位管事又把我叫住了。

「有一位先生要見你。」他將手上的名片遞給我說：「他已經在客廳裡等候你很久了。」我接過來看了一眼，那上面的名字叫做：勞荻；頭銜是：「中國人民共和國大使館文化參事」。我一時想不起這個勞荻是誰，我甚至確信自已從未認識過任何姓勞的人，而且，那個頭銜使我一看到就感到萬分痛惡。

我本來不打算去見他的，可是突然記起雷蒙的話，緬甸政府是承認他們的；雖然我拿的是香港旅行簽證，但在國外，仍然是小心為妙。於是我向右側的客廳走進去。當正要打量四周時，面前椅子上的一個年青人站了起來。

「您就是潘先生？」他禮貌地說。

我勉強和他客套幾句，然後坐下來。

「勞先生有什麼事嗎？」我開門見山地說。

「啊，沒有什麼，」他馬上堆起了笑臉，像是很誠懇的樣子：「只是禮貌的拜訪——假如有什麼事情需要我們辦的話，您只管吩咐好了。」

「不敢當！不敢當！」

「請您不要客氣，這是我們份內的工作。哈哈……」

我不說話，空氣有點沉悶。他摸摸領結，輕輕地乾咳了一下，問：「潘先生是從香港到這兒來旅行的？」

我本想點頭承認，略一思索，隨即改口道：「嗯，我只是想鬆散一下。香港生活太緊張了。」

「是的，是的，」他又清了清喉嚨，從口袋裡將一個本子掏出來。

接著，他開始表明了來意，同時加上一套動聽的說詞，歸根結底，最後只希望我「為了祖國的建設」而「隨意樂捐」一點。

我恨不得一拳向他的臉上打過去，但是我仍極力抑制著。

「本來這是應該的，」我矯飾地說：「不過，我已經捐過十四年了！」

「十四年？」

「一天也不少！」我說：「喏，在東北兩年，西北第五開墾大隊三年，勞動改造營……」

他張大了眼睛，有點手足失措地站起來：「哦，那……那麼我告辭了！」

我還來不及阻止，他已經用帶點惶亂的步子轉身向廳門跑了出去。

我開始發狂地笑起來，直至其他的人都奇怪地向著我望，我才尷尬地止住笑，悄悄地回到自己的房間去。

那晚上，我興奮得無法入睡，因為再過三天，我便可以看見瑪愛耶了。

六

依照旅行社那位中國職員的指示，我買了一張二等的聯運車票，先從仰光坐到臘戍，再轉到密支那；至於密支那到加邁這一段旅程，因為無紀錄可查，所以得由我到了以後再看當地的情形決定。

火車是早上八點鐘開的，我七點半鐘之前已經趕到車站了。我在車站附近的餐室裡消磨到七點五十分才走進車站去。就在我跨上火車的時候，兩個矮小的緬甸警察和一個穿便服的小胖子向我迎上來。

「潘先生，」那小胖子冷冷地笑著用中國話說：「我們得麻煩你跟我們到警察局去一趟。」

「但是火車馬上就要開了！」我困惑地說。

「下一班還是可以走的！」他向旁邊那兩個警察擺了擺手，不由得我不依從，我的雙臂已經被他們纏住了。

「我究竟犯了什麼法？」我急急地問，同時掙扎著：「我有你們發的特准通行證……」

小胖子不再說話，等到被推擁著上了停在車站外的黑色小轎車，我知道說話也沒有用了。

到了警察局，他們帶我到外事處昨晚找來過的辦公室，替我拉開那扇玻璃門，我一眼看見那個無神無氣的緬甸警官。

「啊，請進來，請進來！」他親切地向我擺著手，但我發覺他嘴角的笑意有一種特殊的意味。

我走進去，在曾經坐過的椅子上坐下來。

「吸一支嗎？」他把一個鍍銀的煙盒遞給我。

我煩躁地搖搖頭。

「究竟開什麼玩笑！」我抑制地說。

「不錯，一個大玩笑，」他輕鬆地點起一支煙，然後望著我：「那張通行證，我忘了蓋上印章！」

我隨手遞還他，他接過來摺了兩摺，然後輕輕地把它撕碎。

「閣下真不愧是一位人材！」他說，聲音仍然那麼平靜，但是卻望到別的地方去。

「我不知道你說些什麼？」我困惑地問：「我並沒有……」

他用手勢阻止我說下去。

「昨晚我已經被你愚弄夠了！」

「愚弄？」

「要看證明嗎？」還沒有等到我表示意見，他已經把放在桌上的幾張紙丟過來給我：「我們沒有秘密，請看吧！」

我拿起來，原來是一封中文信：信封和信紙都印有「中華人民共和國大使館」的頭銜；信的內容，是說我已抵達緬甸，工作已積極展開……云云。

當然，這封信一望而知是他們對我的報復，故意使緬甸人懷疑我和他們有什麼秘密關連——甚至是負有什麼特別使命到緬甸來的！

「為了本身的安全而檢查信件，不能算是什麼卑鄙的事情？」一警官望著我挑釁地問。

「這是假的！」我大聲叫起來：「這完全是假的！我昨晚還把他們的一個文化參事臭罵一通呢！」

「值得咒罵的，他們竟然把這樣重要的一封信隨便寄出來——除非另有解釋：你們把我們估計得太低了！」

「他們是他們！我是反對他們的。」

儘管我如何解釋——事實上我只有愈來愈激動，愈來愈語無倫次，而他只是冷冷地笑著，瞇著眼睛望著我，直至我整個人疲乏下來之後，他才把轉椅轉回來，正面對著我。「表演完了吧！」他輕蔑地說。

我頹然低下頭，突然間失去了一切思考的能力。

我只聽見他用一種威嚴的聲音命令著我：要我在二十四小時之內離境，否則以非法居留罪拘捕。然後，把一張紙塞進我的手裡，再由兩個警察把我押出去。

「請代我向貴大使致意，」他在我的背後說：「我相信這一次他絕不至於循外交途徑向我們抗議了！」

我提著小旅行箱，麻麻木木地拖著顛躓的腳步，在仰光早晨的街道上走著。我的腦子裡空虛得有如一座剛被盜掘過的墓穴，我不知道走了多少時候，才在一條狹窄的街頭停下來，因為牆角那張招貼上印的那個女孩子，有點像瑪愛耶……

那些凌亂的不連貫的思想，漸漸地閃著它們那光亮的尾巴在我眼前游過來了；那個姓勞的小丑的臉，特准通行證，沒有火車頭的列車，警官那無神的眼睛……

「限你二十四小時離境！」聲音從一個非常遙遠但是聽得非常清楚的地方傳過來，它的回聲不斷地增加，不斷地增加，終於像一片奔騰的洪水把我整個淹沒了！

七

緩慢而有節奏的響聲使我醒覺過來，最初我以為是火車的車輪在接軌上發出的響聲。我想：明天就可以到臘戌了，但臘戌至密支那是不是通火車我卻忘了，可是我記得我在密支那坐過火車——用吉普車改裝車輪而作車頭的，我還和一位叫李長浩的作戰參謀騎象到三十八師的師部去過，那一次卻讓我無意間遇見在海防華僑中學教過我們英文的梁樹權老師；後來我便認識瑪愛耶了，她穿著骯髒的衣服，頂著水罐——不，那時候我並沒注意她……

軋……軋……軋……

聲音繼續在響。我微微地睜開眼睛，一把舊式吊扇在我的頭頂附近緩緩地旋轉著，空氣裡有一種消毒水的氣味，我下意識地屈伸著酸痛的手指。

一個奇怪的念頭使我震慄了一下，為了想證實自己是否已死去，我用盡平生的氣力叫了一聲。

我被自己所發出的聲音驚嚇住了。接著，房門開了，奔進來幾個人。

「哦，醒過來了。」有人用緬話說。

我認出站在前面的那個男人就是旅館的賬房管事，於是，我連忙坐了起來，向四面望了一會，我發覺這就是我曾經住過的那個房間。

「我怎麼回來的？」我惶惑地問，忽然想起我也許根本沒有離開過。

管事向他旁邊的人們瞟了一眼，然後說：「您還是躺下來吧！」

「我沒有病呀！」

「你病了，發熱到四十度！」他認真地說：「警察局的人也來過了——我們向他們報告的，他們說允許你再延長四十八小時離境。」

「四十八小時！」我的頭忽然劇烈地搐痛起來，我用力捶打著它，絕望地說：「他怎麼不說——槍斃了他呢！」

我隨即又陷入一種紛亂的昏迷裡。

就這樣，我病了三天，限令離境的時間又延長過一次。

當我能夠下床走動的時候，警察局替我把一張回香港的船票送來了。

「船在明天早上九點鐘開，」那天把我從火車站攔截回來的小胖子說：

「我們八點鐘來送你上去。」

「謝謝你。」我說。

把房門關起來之後，我忽然有被毀滅的感覺——這是一種強烈而陌生的感覺，即使在被共產黨奴役和囚禁的十多年裡，我也從來沒有這樣感覺過！當時覺得我必須活著，無論是為了仇恨、自己、和瑪愛耶，我也必須活著！但是，在目前這個自由的世界裡，我竟然連要見到瑪愛耶的這一點希望都被剝奪了！

這個想法把我激惱了，我忽然想：我不能失去這個可能將來永遠不會再有的機會，我要潛逃到加邁去！我為什麼不這樣做呢？就算這樣做會觸犯他們的法令，會判死刑，但這些顧慮仍然不能阻止我潛逃的決心。

為了要潛逃，我先把自己冷靜下來，計劃著如何離開旅社，如何把自己化裝成一個緬甸土著，再乘坐什麼交通工具到加邁去。

我記得除了橫貫鐵路，從仰光還有一條路是經卡薩通到孟拱的，那條路我雖然沒有走過，但可能會安全一點。

打定了主意，我裝作若無其事地很早便上床睡覺，然後在十二點鐘敲過之後爬起來，打算由甬道的太平門潛出旅社，但當我躡手躡足向房門走去時，門外有很急促的腳步聲，我的房門跟著便被人推開，電燈被扭亮了。

「雷蒙！」我驚叫起來。

他披著一件兩用雨衣，看見我。鬆下一口氣。「早知道你還在這家旅館，」他抱怨地說：「我也用不著跑那麼多冤枉路了！」

我一時悲喜交集，握著他的手，半天說不出話來。

「你是怎麼來的？」我問。

「總社的急電，」他解釋著，一邊脫掉身上的雨衣，在沙發上坐了下來：「他們要我來這裡找一個人——情形和你差不多，是一個失蹤了十五年的飛行員！」

「什麼地方？」

「據說是密支那附近，但是沒有確實的資料，」他顯得有點興奮：「因此我想到你，你不是說你曾經在那邊打過仗，而且還要到那邊去？」

「我沒說過我要到那邊去！」

他狡猾地笑起來。「不要再瞞我！」他用快速的聲音說：「你聽我說，我正需要你幫助，這件工作是非常重要的！你對那邊熟識，會說緬甸話，我們一起到加邁去，對你對我都有好處的！」

「誰告訴你我要到加邁去？」我驚異地望著他。

「你自己，」他精明地說：「你以為可以騙過我嗎？當你在出差車子上，我就發現你對那家旅行社注意了……」

「哦……」現在，我明白他為什麼堅持著不讓我送他上船了。不過，就算是他知道我要到加邁去，甚至還知道我是去見瑪愛耶的，又有什麼意義呢！難道他願意陪我冒險潛逃嗎？

看見我不說話，他以為我不考慮他的提議，於是他說：「不要再考慮了，我們明天早上就動身！」

我回過頭去望著他。「雷蒙，」我誠實地說：「我是不能和你一起走的！」

「為什麼？」

「仰光的警察局已經命令我在明天早上離境了！」

他彷彿一時還聽不懂我的話，我接著說：「他們誤會我是共產黨派去的危險份子，那邊的邊界不是時常發生衝突嗎？所以，我的通行證被取消了！」

「那麼，你已經決定明天早上離開仰光了？」

「不！」我搖搖頭：「我不能半途而廢，我必須要到加邁去——我正打算潛逃呢！」

「到加邁去？」

「為什麼不可以呢？」我說：「不然，我就永遠沒機會再見瑪愛耶了！」

「瑪愛耶？」他不放鬆地問：「瑪愛耶是不是你要去找的人？」

我不再說話。雷蒙沉思半晌，驀然把雨衣拿起來。

「我出去一下，」他命令道：「你無論如何要等我回來，再作決定！」

八

三天之後，我和雷蒙由仰光動身到密支那。但，我名義上已經變成了雷蒙所雇用的嚮導。當然，其間還得經過一番交涉，直至警局方面查明了我的身份，才能成行。不過，我的居留期限只有一個月，而且由雷蒙為我作保。

雷蒙的目的，是去找那個失踪的飛行員，我記得離加邁不遠的叢林裡，有一架B-52（米契爾式中型轟炸機），據先到加邁的同伴們說，那架飛機是因為機件發生故障而迫降的，除了機翼和尾部損壞之外，機頭和機身都很完整；當時因為落在雙方戰線之前，孫立人師長曾經派了一營兵力去搶救飛行員。但，究竟那架飛機是不是雷蒙所找的那位飛行員所駕駛的，就不得而知了。

雷蒙所根據的資料只是：愛迪・亞當斯中尉，一九四三年六月四日，於緬北密支那附近迫降失蹤。

「這個愛迪・亞當斯是一個很重要的人物嗎？」在火車上，我問雷蒙。

「我想是吧，」他說：「要不然，怎麼會在失蹤十五年之後還要去找他？」

於是，我把我所知的那件事情告訴他。

「啊……」他說：「那我倒要打個電報回去查一查，看會不會就是你所說的那架B-52。」

我們乘坐的是寬敞的頭等車廂，有絲絨墊的座椅和窗幔，仍遺留著殖民時期的貴族氣息。一路上，我都沉浸在回憶和焦灼的想望裡。我不斷的想：瑪愛耶這時候正在做什麼呢？她穿著什麼樣的衣服呢？她會想到我正在向她奔赴的途中嗎？當她看見我……

我的心隨即劇烈地悸動起來，令我感到窒息。我發覺我對瑪愛耶的愛，已經到了感情所不能承受的極度，它已經不是一種精神的、抽象的意識，而是一種不斷增加的重量，一種不斷擴展的容積——愛，令我心痛！

到達密支那，雷蒙似乎已經將他自己的任務整個忘了，出了車站，他隨即為我出重價雇了一輛吉普車。因為當我們向一家小旅社的主人打聽到加邁去的情形時，他建議我們坐吉普車。

「我不知道現在是不是還有人到那邊去，」那主人說：「不過，那條路已經廢了。吉普車行走起來比較方便一點。」

我記起以前所修築的那條寬大的中印公路，由密支那是直接通到高沙坎（終點是利都）的。發覺我在猶豫，雷蒙摯切地說：

「我們還是先到加邁再說吧，我的事情用不著那麼著急！」

依照旅社主人的指示，我們先到治安機關和當地駐軍的關卡辦理通行的手續，理由當然是去找尋那位失踪的飛行員。

「你就是他們的嚮導嗎？」那位留著小鬍子的緬甸軍官以一種不信任的目光望著我。

「是的，」我用緬甸話回答：「我從前在加邁住過一些時候。」

「哦……」他似乎放心了，當他把一份通行證交給雷蒙的時候，用緬甸話低聲向我說：「美國人是專門做這些莫名其妙的事情的，其實那邊現在還有什麼呢？」

走到街上，雷蒙問我：「他向你說些什麼？」

「他祝我們幸運！」我說。

我們的吉普車沿著那條年久失修的公路向前進發，那位緬甸司機無論怎麼說也不肯把車速加快到二十英里，所以到達孟拱的時候，已經是中午了。

我忘了以前的孟拱是不是現在這個樣子，但到處都是斷瓦殘垣，除了一些屯守的軍隊，幾乎難得看見一個老百姓。再過去，我們幾乎每十分鐘都經過一次盤查，而且橋樑大多已經拆毀了；幸好孟拱到加邁之間並沒有什麼河流，我們的吉普車由便道越過那些佈滿亂石的小溪，有幾次我和雷蒙還得下來，幫著把車子推過泥濘的窪地。

那位司機不斷地咕嚕著，反正我聽不清他說些什麼。快接近加邁的時候，我們開始看見一些新建的碉堡和鐵絲網了，一些緬甸兵穿著掩護色的軍服，好奇地走出來望，同時向我們招手。

雷蒙在前座回過頭來望望我說：「我們沒走錯吧！」

「這條路是對的，」我說：「因為只有這條路！」

瑪愛耶的形象又在我的眼前映現了：她仍然是以前那個樣子，頭上梳著髮髻，穿著一件印有紅色小碎花的衣服……

車子突然在一條岔道上停下來。

「怎麼走？」司機用生硬的聲音說。

這時我才發覺已經到了通往村子的小口。在那崎嶇的路面上已生滿了野草。但我仍然立刻可以認出就是那條路，我甚至還可指出，出發的那天早上，我的車子停的地方——我不是看見瑪喬美亞拿著布包從那邊奔跑過來嗎？……

「向左轉！」我說。

九

村子裡駐屯有一連緬甸的邊防軍。和盂拱一樣，連一個老百姓也沒有，屋子全被焚毀了，雖然是春天，眼前只是一片淒涼的劫後景象。

「就在那個晚上，」那位陪伴著我們的緬軍少校感慨地用英語說：「全村的人被殺光了──連一條狗都不剩！」

「一個生還都沒有嗎？」雷蒙問。

「沒有！」少校肯定而悲憤地搖了搖頭：「這是有計劃的謀殺！我是事

件發生之後來援救的，國會有我的調查記錄！」

在那條仍然那麼澄潔的小溪旁邊，我在那堆幾乎已經將要被風雨湮沒的殘燼裡找到了一個銅質的盒子的蓋——瑪愛耶的「百寶箱」。那串玻璃珠子、小小的玉耳環，和一些奇奇怪怪的小鈕扣……啊，還有我獻給她的寫在一張小紙片上的四行詩，不是也放在裡面嗎？

我記得她坐在床上吃飯的樣子，陪我在溪邊洗澡的樣子，哭和裝鬼臉的樣子，以及當劉錚走後她那驚惶昏亂的樣子。也許，她已經知道永遠不會再看見我了……

她不是時常祈禱的嗎——我又想起她要我發誓的儀式來了，那很像她跳舞的姿勢！跪著，合著手……她穿著我送給她的用白色空降傘製的上衣，藍色的沙龍，看起來就像一個小天使……

「不要難過了，」雷蒙勸慰地按著我的肩頭：「也許她早就離開這裡了！」

不會的，我知道她絕對不會的，她說過要等我回來的。

「走吧，」他繼續說：「我們回密支那再打聽打聽。」

在跨上車子的時候，我從心裡說：

「瑪愛耶，我會回來的！相信我，我絕對要回來的！」

那位少校向我們行英式的軍禮，那隻手抖動得很滑稽。當車子經過那架B-25逼降的叢林邊時，我對雷蒙說：「我們要下去看看那架飛機的殘骸嗎？」

雷蒙把整個身體回過來，深摯地向我說：「米高！請你原諒我！」

「為什麼？」

「我並不是真的要找那個飛行員！」他歉疚地低下頭：「我要找的只是你的故事——那份資料，是我揑造的！」

我沒有說話，也不表示什麼。我想，除了愛，什麼都是沒有意義的。當我回去把醫學唸完，我要再回來，因為這裡是屬於瑪愛耶的地方，屬於愛的地方。

潘壘全集14　PG1221

新銳文創
INDEPENDENT & UNIQUE

夢的隕落

作　　者	潘　壘
責任編輯	陳思佑
圖文排版	周妤靜
封面設計	蔡瑋筠

出版策劃	新銳文創
製作發行	秀威資訊科技股份有限公司 114 台北市內湖區瑞光路76巷65號1樓 電話：+886-2-2796-3638　傳真：+886-2-2796-1377 服務信箱：service@showwe.com.tw http://www.showwe.com.tw
郵政劃撥	19563868　戶名：秀威資訊科技股份有限公司
展售門市	國家書店【松江門市】 104 台北市中山區松江路209號1樓 電話：+886-2-2518-0207　傳真：+886-2-2518-0778
網路訂購	秀威網路書店：http://www.bodbooks.com.tw 國家網路書店：http://www.govbooks.com.tw
法律顧問	毛國樑　律師
圖書經銷	貿騰發賣股份有限公司 235 新北市中和區中正路880號14樓 電話：+886-2-8227-5988　傳真：+886-2-8227-5989

出版日期	2015年2月　BOD一版
定　　價	250元

Printed in Taiwan

國家圖書館出版品預行編目

夢的隕落 / 潘壘著. -- 一版. -- 臺北市 : 新銳文創,
2015.02
面； 公分. -- (潘壘全集 ; 14)
BOD版
ISBN 978-986-5716-47-9 (平裝)

857.7 103028071

讀者回函卡

感謝您購買本書，為提升服務品質，請填妥以下資料，將讀者回函卡直接寄回或傳真本公司，收到您的寶貴意見後，我們會收藏記錄及檢討，謝謝！

如您需要了解本公司最新出版書目、購書優惠或企劃活動，歡迎您上網查詢或下載相關資料：http:// www.showwe.com.tw

您購買的書名：________________________________

出生日期：________年________月________日

學歷：□高中（含）以下　□大專　□研究所（含）以上

職業：□製造業　□金融業　□資訊業　□軍警　□傳播業　□自由業

□服務業　□公務員　□教職　□學生　□家管　□其它______

購書地點：□網路書店　□實體書店　□書展　□郵購　□贈閱　□其他

您從何得知本書的消息？

□網路書店　□實體書店　□網路搜尋　□電子報　□書訊　□雜誌

□傳播媒體　□親友推薦　□網站推薦　□部落格　□其他__________

您對本書的評價：（請填代號　1.非常滿意　2.滿意　3.尚可　4.再改進）

封面設計____　版面編排____　內容____　文／譯筆____　價格____

讀完書後您覺得：

□很有收穫　□有收穫　□收穫不多　□沒收穫

對我們的建議：________________________________

____

____

____

請貼
郵票

11466
台北市內湖區瑞光路 76 巷 65 號 1 樓
秀威資訊科技股份有限公司 收
BOD 數位出版事業部

（請沿線對折寄回，謝謝！）

姓　　名：________________　年齡：________　性別：□女　□男

郵遞區號：□□□□□

地　　址：____

聯絡電話：(日)________________　(夜)________________

E-mail：____